Ohne ist auch schön

Zu diesem Buch

Zehn Paare, zehn erotische Begegnungen, die nicht immer Liebesgeschichten sind. Waltraud Bondiek erzählt sie in sinnlichen Bildern, stets poetisch, niemals obszön. Mal spiegeln sie das lustvolle Geschehen wie eine lackierte Fläche, mal bezaubern sie durch Leichtigkeit und subtilen Witz, dann wieder führen sie ins Halbdunkel, in den Schatten, die Irritation. Der Leser wird zum heimlichen Beobachter.

WALTRAUD BONDIEK

Ohne ist auch schön

Zehn erotische Geschichten

Das Hörbuch von „Ohne ist auch schön" ist als Lesung mit Brigitte Trübenbach und Wolfgang Gerber beim Audio Verlag Buchfunk in Leipzig erschienen und im Download-Shop erhältlich.

Bibliografische Informationen der Deutschen Nationalbibliothek:
Die Deutsche Nationalbibliothek verzeichnet diese Publikation in der Deutschen Nationalbibliografie;
detaillierte bibliografische Daten sind im Internet über dnb.d -nb.de abrufbar.

TWENTYSIX – Der Self-Publishing-Verlag
Eine Kooperation zwischen der Verlagsgruppe Random House und BoD – Books on Demand
© 2017 Waltraud Bondiek
Coverbild: Waltraud Bondiek
Coverdesign, Satz, Herstellung und Verlag:
BoD – Books on Demand, Norderstedt

ISBN 978-3-7407-3529-6

Inhalt

Nachtbild 9

Liebes Spiel 15

Weiße Stiere 23

Lob der Jadeflöte 39

Was uns verwandelt 45

Luxus, Stille und Wollust 51

Ruby 57

Auf Reisen 71

Cora.doc 77

Dark Orchid 5 87

Nachtbild

Ortega hatte Daphne nie nach ihrer Hautfarbe gefragt. Seine Vorstellung schwankte unentschieden zwischen hellen Erdtönen und dem violetten Schwarz seltener Tropenhölzer. Er hatte Daphne auch nie nach ihrem Alter gefragt. Ihr Körper war zart und biegsam, ihre Brüste schmiegten sich wie Tauben in seine Hände. Jung musste sie sein.

Daphne kam in den Abendstunden zu ihm, wenn die Hitze des Tages matt geworden war und die Gassen sich belebten. Sie kam, um ihm vorzulesen oder um ihn, den erblindeten Fotografen, der einst als Abenteurer und Weltreisender berühmt geworden war, zu lieben. Ihr Tag war der Mittwoch. Ausgestreckt auf dem Divan erwartete er sie in einem abgetragenen Hausmantel. Unter dem mürben Brokat trug er die Tätowierungen, die ihn vom Hals bis zu den Sohlen bedeckten. Ein Malaie hatte sie gestochen.

Ortega bewohnte das obere Geschoss eines alten, herrschaftlichen Gebäudes. Schwere Vorhänge und Teppiche, die er aus Täbris und Isfahan mitgebracht hatte, dämpften die Geräusche. Die Seidenbespannung der Wände war niemals erneuert worden. Daphne verglich ihre Farbe mit dem Ton der Abenddämmerung am Nil. Den Himmel, den sie vor Augen hatte, konnte sich Ortega nicht vorstellen, seine Erinnerungen hatten eine in den Staub sinkende Sonne festgehalten.

Vier Treppen musste Daphne zu ihm hinaufsteigen. Zur verabredeten Zeit war die Tür angelehnt. Ein wenig atemlos trat sie jedes Mal ein, löste im schwachen Licht, das von der Gasse heraufschien, die Riemen ihrer Sandalen, und nichts verriet, ob sie danach ein Buch aus der Tasche nehmen oder ihre Kleider ablegen würde.

Die Bände, aus denen sie Ortega vorlas, atmeten vergilbtes Papier, Leder und Goldschnitt. Die Sprache verstand er nicht, ihr Klang und Rhythmus jedoch war von tiefdunkler Schönheit. Er lauschte ihr wie einem Epos, das in einer untergegangenen Sprache vom Ursprung der Welt und der Menschen erzählt. Daphnes Stimme zog ihn auf die andere Seite des wachen Bewusstseins.

Dass sie ihn heute Abend lieben würde, wusste er in dem Moment, da sie die Kerzen des mehrarmigen Leuchters entzündete, ihn vom Tisch hob und neben den Diwan stellte. Ohne zu sehen, sah Ortega dem Schattentanz eines jungen Mädchens zu, das sich entkleidete. Stoffe raschelten und fielen. Ein Duft von Nachthyazinthen füllte das flackernde Dunkel. Ortega rührte sich nicht. Ohne Ungeduld und ohne Gier erwartete er den Lufthauch, mit dem Daphne sich über ihn beugen würde. Alles war ihm erlaubt, nur ihr Schoß musste unberührt bleiben. Um sich zu schützen – vor ihm und wohl auch vor sich selbst –, trug sie ein Schrittband, ein handgroßes Dreieck aus Leder, das ihren Schoß versiegelte. Schnüre, raffiniert verknotet, verschränkt und verschlungen, hielten es am Platz. Wie man ein solches Kunstwerk an- oder ablegte, hatte er niemals gefragt.

Falke nannte sie ihn, als sie die Kordel seines Hausmantels löste, die Seitenteile zurückschlug und sich auf ihm ausstreckte. Er legte die Arme um sie, drückte sie an sich und genoss die Wärme ihres Körpers auf seiner kühlen Haut. Daphne küsste sein Gesicht, küsste die Lider, die Lippen, den Hals, die Mulde hinter den Schlüsselbeinen, die Narben über seinem Herzen. Doch als sich ihr Mund auf den Weg zu seinen Lenden machte, hielt er ihren Kopf fest.

„Lass mich warten, quäle mich", flüsterte er, die Hände in ihrem Haar, das voll krauser Locken war.

Da legte Daphne ihre Wange auf seine Brust und zeichnete mit zärtlichen Bewegungen die kunstvollen Muster, verschlungenen Ornamente und phantastischen Figuren auf seinem Körper nach. Mit einem Finger fuhr sie die Konturen des Falken ab, der seine Schwingen über Ortegas Becken spannte. Der Nabel war das dritte Auge des Vogels. In seinen Fängen hielt er Ortegas Geschlecht. Daphne nahm dem Falken seine Beute ab, streichelte, quälte, küsste das durstige Fleisch.

„Dreh dich um", bat Ortega.

Daphne legte sich auf die Seite, er presste seine straff gespannten Lenden gegen ihr Gesäß, während seine Lippen die Schultern erkundeten, die er auswendig kannte. Die Schwüle ihres Nackens war ihm mehr als vertraut. Er schmeckte ihr Haar, das roch nach Zimt und Rosen, er schmeckte ihre glatte Haut, die hellbraun oder schwarzviolett sein mochte. In allen Sprachen, die er kannte, flüsterte er Liebesworte. Seine Finger folgten den Rückenwirbeln abwärts, folgten den rätselhaften Verläufen der Schnüre um ihre Hüften, erspürten den Eingang ins Fleisch.

Haut. Häutungen. Öffnung. Tiefe. Sein Glied pochte.

Ortega nahm Daphne, wie der schöne, junge Nubier ihn einst genommen hatte, wie er ihn, wie sie einander genommen hatten, damals in der Oase, in der Wüstennacht, in einem Zelt, im Schweigen.

Liebes Spiel

Dieser Mann war verrückt. Eine andere Erklärung hatte ich nicht, denn er wollte mich, sofort, für ein Leben, ein ganzes, nach einer Stunde – nein, einer halben – und einem Cappuccino in der Fußgängerzone. Sogar ein Haus hatte er für uns entworfen, so groß, dass es nicht auf die Papierserviette passte.

Ich wollte ihn vielleicht, vielleicht für einen Nachmittag, und nur vielleicht. Vielleicht, dachte ich noch auf dem Weg zum Parkplatz, schaltete mein Handy aus und dachte: nein. Zwanzig Jahre war ich verheiratet, war es gut und war es gerne, denn es gab sie noch immer, die langen Nächte vom Anfang. Ich war ... ja, ich war glücklich. Und doch. Dieser Tag war aus Leichtsinn gemacht, aus einem sonnigen Frühlingstag, guter Laune und einem neuen Kleid in der Einkaufstüte. Ich warf sie auf den Rücksitz und schaltete mein Hany wieder ein.

Nicht stören! steht auf dem Schild, das nun am Türknauf von Zimmer 314 im Hotel soundso hängt. Nicht stören. Nur das war klar, als wir an der Rezeption nach einem Zimmer fragten.

Wir tranken den mitgebrachten Rotwein, zuerst aus Gläsern, dann aus dem Mund des anderen. Wir küssten uns bis aufs Blut. „Ich liebe dich." Er schwor's, ich schwieg und zog mich aus, er mir die Haut vom Leib und legte Hand an mein nacktes Herz. Er nahm es im Handstreich, ich fiel, hundert Küsse tief.

Wir vergaßen die Zeit und den Tag unserer Ankunft in jener Stadt, aus der wir irgendwann würden zurückkehren müssen. Wann war irgendwann? Für uns war immerzu jetzt.

Zwei aus der Welt und uns in die Arme Gefallene waren wir. Gefallene.

„Engel", nannte er mich.

„Woran denkst du?"

„Ich will nichts denken", antwortete ich, den Kopf auf seiner Brust, in meinem Blickfeld der Nachttisch, darauf die Hornbrille des Architekten und seine Uhr.

Mit offenen Augen belauschte ich sein Herz, als verberge sich dort ein Geheimnis. Doch sein Herz verriet mir nicht mehr, als dass die Minute dieselbe Dauer hat wie die achtundfünfzig Schläge, die ich zählte. Das Geräusch durchdrang mich und grundierte das stumme Bild auf der anderen Seite der Straße. Das Bild, das war ein Himmel aus Milch und das Licht einer kranken Sonne auf einer Backsteinfassade mit dem Schriftzug „Tanz-Theater Caro". Die bodentiefen Fenster der ehemaligen Fabrik zogen den Blick hinein zu einer Gruppe von Tänzern. Man probte. Eine Frau, vermutlich die Choreografin, gab eine Bewegung vor. Mit großer Langsamkeit beschrieb sie die Leere. Als sie sich umwandte, streifte die Sonne ihr Gesicht, und für einen Wimpernschlag erkannte ich mich in den Zügen der gealterten Ballerina.

Die Tänzer gruppierten sich neu und wiederholten die Passage, die sie soeben wiederholt hatten. Jeder Schritt wirkte nun, als hätte sich die Schwerkraft verdoppelt oder als würde die Zeit jede Bewegung verformen, sie dehnen, sie gerinnen und schließlich stocken lassen, achtundfünfzig Herzschläge lang, dann erlöste ein Zeichen das stumme Bild. Die Tänzer verteilten sich wieder im Raum und begannen von vorn.

Wir liebten uns erneut, ohne Hast, fast ohne Begierde, in einer schwebenden Art von Bewusstsein, ein unaufhörliches

Ein- und Ausatmen, ein Du, ein Mantra. Worte kamen, Worte gingen, der Tag verlor seine Farben. Ein mattes Blau füllte das Zimmer. Aus einem traumgleichen Zustand heraus streifte mein Blick vom Bett aus die erschöpften Tänzer. Einige hatten sich auf den Boden gehockt, andere standen an die Wand gelehnt da, die Augen im Nirgendwo, Schweiß auf nackten Armen und Schultern.

Ich badete meine Zunge im Schweiß des Geliebten. „Geliebter!" Ich wünschte mir ein anderes Wort für den, mit dem ich meinen Leib teilte und der mit mir seinen Leib teilte. Dieser eine Leib, wie er glänzte, jetzt nach der Liebe. Wie wir glänzten in jener Nacht. Wie wir rot, lila, orange aufleuchteten und verloschen im wechselnden Widerschein der mit Neonstift in die Dunkelheit geschriebenen Buchstaben „Tanz-Theater Caro".

Rot, lila, orange. Rot, lila, orange ...

Ich war wohl eingeschlafen. Als ich aufwachte, stand der Geliebte am Fenster. Ich trat neben ihn, er legt den Arm um mich, ich den Arm um ihn. Arm in Arm blickten wir hinüber in den Ballettsaal. Er war jetzt hell erleuchtet, im Schein weißer Deckenlampen ein einzelner Tänzer und eine Tänzerin. Offenbar arbeiteten sie an einem Solopart. Zu tanzen war ein Paar, das plötzlich kein Paar mehr ist. Sie tanzten zwei untröstliche Menschen. In leisen Bewegungen erzählten sie von Kummer, Sehnsucht, Traurigkeit.

„Wie klein der Schmerz wird, wenn man ihn tanzt", sagte er.

Ich antwortete nicht, spürte nur, dass auch Treulosigkeit ein Schmerz ist, in jeder Zelle spürte ich ihn, denn plötzlich war da der Gedanke, dass wir nicht für alle Zeiten in dieser Liebesklausur bleiben können. Ich dachte an Oshimas Film

„Im Reich der Sinne", an Sada, die Kurtisane, und Kichi, ihren Herrn, die sich in einem fortwährenden Liebesakt der Zeit und der Welt entzogen hatten. Am Ende strangulierte Sada Kichi beim Liebesakt, anfangs ein Spiel und dann eine Grenzüberschreitung, zu der er sie auffordert.

Lange nach Mitternacht, vielleicht war es auch schon gegen Morgen, ließen wir uns Wein und Brot, Käse und Früchte aufs Zimmer bringen. Wir aßen im Bett, auf den geschundenen Laken, wir krümelten und kleckern, während wir aßen und uns dabei liebten. Ich saß auf ihm mit einem Glas Wein in der Hand. Der Geliebte lachte, er war glücklich. Ich lachte, so unglücklich war ich, denn immer deutlicher zeigte sich der Riss zwischen Wahn und Wirklichkeit, und der rief mich immer dringlicher zurück in die Ordnung. Ich begann, dem Geliebten von meiner Tochter und meinem Mann zu erzählen. Und der Geliebte erzählte mir von seiner Frau.

„Wie heißt sie?", fragte ich.

Er nahm mir das halbvolle Glas aus der Hand: „Wie eine Blume. Rate!"

„Jasmin?"

„Nein."

„Iris?"

„Nein."

„Veilchen."

„Richtig", er lachte und trank mein Glas aus. „Liebst du deinen Mann?"

„Ja", sagte ich, ohne zu zögern, sagte ich ja.

Der Geliebte duschte mich, der Geliebte trocknete mich ab, der Geliebte trug mich aufs Bett. Und liebte mich. Danach sprachen wir von unserer Kindheit, erster Verliebtheit, erster Liebe, letzter Liebe und darüber, was Liebe anzurichten vermag. Noch einmal das ganze Leben ändern? Ja, auch darüber sprachen wir.

Wir zeigten uns die Fotos in unseren Führerscheinen. Wie jung wir einmal waren! Erst lachten wir, dann wurden wir still. Später betrachteten wir im Ankleidespiegel die Spuren des Alterns. Nichts erschreckte uns daran. Wir waren schön. Im Blick des anderen erfuhren wir, was wir weder gewusst noch geahnt hatten, als wir achtzehn waren.

„Ich werde jetzt mein neues Kleid anziehen und gehen", sagte ich.

„Für immer?", fragte er, trat hinter mich, schlang die Arme um meine Schultern und küsste meinen Hals mit geschlossenen Augen. Ich deckte meine Hände über seine, die sich kühl anfühlten, wie schlanke Fische.

„Ja", sagte ich, „für immer."

Der Geliebte schloss die Arme fester um mich, drückte Kuss um Kuss in mein Haar, und ich schmiegte den Rücken an seine Brust, seinen Bauch, sein schönes, großes Geschlecht.

„Du kannst auch morgen noch für immer gehen", sagte er leise, „lass uns spielen, dass du für immer bleibst."

Weiße Stiere

Diomene hatte gewonnen. Sie lachte bei ihrem Spiel um Leben und Tod. Und Medea, ihre Amme, hörte es. Schlaflos lag Medea in ihrer Kammer. Tränen hatte sie keine mehr. Nur sie wusste, was niemand wissen durfte. Doch nicht deshalb war sie leergeweint, nicht deshalb. Es war der Gedanke an den Abschied für immer. Noch vor Sonnenaufgang würde Diomene das Haus verlassen, und sie würde sich dann von der trennen müssen, der sie die Mutter ersetzt hatte und der sie zur Freundin und Vertrauten geworden war. Ein Schiff würde Diomene zu einer einsamen Insel bringen. Wein und Früchte würde es mit sich führen und das Öl der Oliven, auch dies ein Opfer, so war es Brauch. In der Mittagshitze würde sie dann die Anhöhe zu einer düsteren Palastanlage hinaufsteigen, die mehr Festung denn Palastanlage war, mehr Ruine denn Festung. Der Wind würde von der Meerseite in ihr weißes, so jungfräuliches Kleid fassen, und vom Schiff aus, das schon wieder in weiter Ferne segelte, würde Diomene nur noch eine lichte, kleine Wolke sein, und irgendwann würden die Mauern aus Lehm und Dämmer sie geschluckt haben.

Was diese Mauern umschlossen, wusste niemand. Nur Sagen und traurige Gesänge gab es. Und die erzählten von endlos verschlungenen Gängen, lichtlosen Säulenhallen und einer Terrasse im Steilhang hoch über dem Meer. Und einem samtroten Diwan. Den Namen des einzigen Bewohners sprach schon lange keiner mehr aus.

Wenn Medea versuchte, sich das Haus ohne Diomene vorzustellen, sah sie ein Haus, aus dem sich der Tag fernhielt, sah sie nur Asche in den Feuerschalen und zwei schweigenden Männer: Diomenes Vater Agelaos und Diomenes Bruder Areon. Und jetzt sah sie auch wieder das Messer, das Messer. Nur sie wusste, was niemand wissen durfte.

In dieser Nacht kam der Wind von Osten. Er trieb den Geruch der weißen Stiere durch das offene Fenster. Medea lauschte hinüber zu den Ställen, hörte das Schnauben der Tiere, hörte ihr Stampfen im Stroh, hörte das Klirren der Ketten. Die weißen Stiere aus der Zucht des Agelaos waren berühmt. Auf ganz Kreta fanden sich keine stärkeren und schöneren. Selbst der Stier, den Poseidon dem König Minos einst zum Geschenk gemacht hatte, konnte kein leuchtenderes, kein weißeres Fell gehabt haben.

Im Morgengrauen trat Medea dann in Areons Schlafgemach. Ein Streifen Licht sprang von der Tür zu seinem Lager, ließ ein Frauengewand am Boden rot aufflammen und strich über das scharf geschliffene Weiß einer Klinge. Medea legte die Hand auf Diomenes Schulter. Die Berührung reichte hinab in ihren Traum. Sie schälte sich aus ihrem Schlaf, noch trunken von dieser Nacht. Lächelnd schob sie Areons Arm beiseite, der sie noch immer umschlungen hielt, und erhob sich von seinem Lager. Schnell raffte sie ihr Gewand zusammen. Doch als sie das Messer aufhob und an sich nahm, verlor sie ihr Lächeln.

*

Agira hatte bereits das Bad für Diomene bereitet. Der ganze Raum duftete nach Amber und bitterzarter Myrthe. Die knabenhafte Dienerin mit der olivfarbenen Haut stand bis zu den Schenkeln im dampfenden Wasser und goss eine letzte Kanne Stutenmilch hinein. Im Bewusstsein, dass es die allerletzte war, hielt sie inne und ließ die Kanne sinken. Wie ein Schleier wallte die Milch durch das Becken, das zwei Stierköpfe aus weißem Marmor zierten.

Wäre dieser Morgen ein Morgen wie jeder andere gewesen, hätten Agira und Diomene geschwatzt und gelacht, hätten sich über diesen und jenen Burschen im Dorf lustig gemacht oder Medea wieder einmal ausgefragt. Medea wusste alles über die Gezeiten der Frau, die Liebesspiele der Aphrodite und die Mühsal beim Gebären. Manchmal weihte Medea sie auch in gewisse Fingerfertigkeiten ein, die dem wollüstigen Tun dienten. Dieser Morgen aber machte sie alle stumm. Schweigend wusch Agira Diomenes Haar, schweigend rasierte sie ihr die Scham und die Achseln, schweigend spülte sie ihr den Schaum vom Körper. Schatten strichen über die Wände, als ginge der Tod auf und ab. Im Schein einer Öllampe ordnete Medea derweil Kämme und Bürsten. Auf einem Tischchen breitete sie Diomenes Haarschmuck aus, Spangen aus Schildpatt und Elfenbein, legte den Handspiegel dazu und schließlich den Gürtel, den Diomene unter dem Kleid tragen würde, und in die am Gürtel befestigte Tasche schob sie das Messer. Wäre dieser Morgen ein anderer gewesen, sie hätte gesummt.

Nach dem Bade streckte sich Diomene auf der warmen Steinbank aus, über die wie immer ein helles Tuch gebreitet war. Medeas Augen ruhten auf Diomene, während Agira ihren Körper mit Mandelöl einrieb. Wie ein Totenkult kam es ihr vor. Als Diomene sich erhob, war an der Stelle, da, wo sie gesessen hatte, ein hellroter Fleck. Er hatte die Form einer Rosenknospe und die Farbe des Bluts einer Frau, die zum ersten Mal bei einem Mann gelegen hatte. Agira und Medea bemerkten ihn im selben Moment. Medea wandte sich ab. Nur sie wusste, was keiner wissen durfte. Agira aber starrte Diomene an, erst erschrocken, dann voller Entsetzen, verlangte doch der, für den sie bestimmt war, jungfräuliches Fleisch. Vor langer Zeit, so wurde erzählt, sei das Los auf eine im Dorf gefallen, die gehurt hatte. Jeder wusste es, doch man schickte sie Ihm. Und Er schickte ihnen dafür die Pest.

*

Areon fror. Er hockte auf seinem Lager inmitten der zerwühlten Kissen, die Knie an den Körper gezogen, die Arme auf den Knien, das Kinn auf den Armen, und fror. Seine Augen bohrten sich in die Morgendämmerung. Er war wütend auf seine Schwäche. Diomene hatte gewonnen. Schon als Mädchen war seine Schwester stärker gewesen als er. Beim Bogenschießen traf ihr Pfeil öfter die Mitte der Scheibe, auch ihr Pferd ritt sie schneller und wagte sich schwimmend weiter hinaus in die Wellen als er, auch in die höheren Wellen. Keiner von seinen Freunden war beim Brettspiel so gerissen gewesen wie sie. Ja, und schön war sie. Er verfluchte sie wegen dieser Schönheit und liebte sie wegen ihres leuchtenden Wesens. Er liebte und verfluchte sie so sehr, dass er mitunter erschrak. Nachts war sie manchmal in seinen Träumen, Träumen, die einem Bruder nicht zukamen. Für solche Träume verachtete er sich dann am Morgen.

Er fror und litt an seiner Schwäche wie an einem körperlichen Makel. Dabei vermochte er einen ausgewachsenen Stier zu töten. Dichter als er ging keiner an den Stier heran, wenn der Großen Göttin zu opfern war. Ein Schnitt genügte. Noch immer war unter seiner Hand jeder Stier einen Herzschlag später in die Vorderläufe gesunken. Doch das tröstete ihn jetzt nicht. Diomene, seine Wunde, seine Liebe, sein Fluch, letzte Nacht war sie zu ihm gekommen. Er hatte wach gelegen, wie in einem Netz gefangen in der immerselben Frage: Warum sie? Tausend Antworten hatte er gefunden, obwohl es eine einzige nur gab: das Los und den Priesterspruch. Der Mond war in sein Fenster gewandert und auf einer silbernen Bogenlinie wieder hinaus. Da hatte sie plötzlich in der Dunkelheit gestanden, dunkler noch als die Nacht.

„Diomene!" Es war ein Aufschrei, obwohl er ihren Namen nur flüsterte.

„Areon, ich möchte bei dir liegen." Auch sie flüsterte.

„Geh, meine Liebe", sagte er leise.

Sie setzte sich neben ihn, löste ihr Haar und legte die Hand auf seine Wange. „Bin ich denn deine Liebe?" Ihre Finger waren fiebrig.

Er riss den Kopf auf die andere Seite. Sie beugte sich über ihn. Ihr Haar rauschte herab wie ein Vorhang. Dann waren ihre Lippen an seinem Ohr. „Areon, ich weiß noch nichts von einem Mann. So möchte ich nicht sterben."

Er strich ihr das Haar in den Nacken. „Du wirst nicht sterben, du hast ein Messer, es ist scharf, und du weißt, wo es mühelos in Ihn hineingeht."

„Die Stiere, an denen du es mir beigebracht hast, waren sanft und taugten nichts, Er dagegen ist ... Areon, ich habe Angst, dass ich die Stelle verfehle und nur den Knochen treffe."

Bei Tageslicht war das Gewand, das sie trug, tiefrot. Jetzt wirkte es abgrundtief violett. Sie löste den Gürtel.

„Du wirst den Knochen nicht treffen", sagte er.

Unter ihrem Gewand war nur der Duft von Zimt und Rosen. Dieser Duft füllte sein Schlafgemach. Und seine Lenden.

„Geh jetzt", sagte er.

„Selbst wenn ich das Messer zwischen seine Schulterblätter bringe, der Palast hat keinen Ausgang. Um mein Leben bitte ich dich, Areon, schlaf mit mir!"

Ihre Haut schimmerte feucht, und die Stille war so vollkommen, dass er wünschte, lautlos atmen zu können.

„Um unser aller Leben bitte ich dich: geh! Er wird uns die Pest schicken."

„Dann lass uns in dieser Nacht nur wie Bruder und Schwester ..."

Er lachte leise.

„Lach nicht", sagte sie, „wenn du mich anfasst, dann ..."

„Ich habe mehr Kraft als du."

„Und ich habe das Messer."

Rosen und Zimt. Areon ließ sich wieder in die Kissen fallen, die zerwühlten. Rosen und Zimt. Er fror noch immer. Doch so ganz anders fror er jetzt als in dem Moment, da sie sich zu ihm gelegt, seinen Mund und seine Seele geküsst hatte.

*

Der Himmel über dem Hafen hatte die Farbe und das Gewicht eines unfassbar schweren Metalls, und das Meer war von derselben Farbe und Schwere. Selbst die Worte, die wenigen, die noch zu sagen waren und so überflüssig schienen, blieben glanzlos und wogen wie Blei. Die Saphrosyne wartete mit gesetzten Segeln; ihren hölzernen Rumpf hatte man mit Girlanden geschmückt. Weiße Gardenien, weißer

Oleander, weißer Hibiskus. Die Seufzer des ganzen Dorfes schienen sich in Girlanden aus weißer Blüten verwandelt zu haben. Körbeweise hatte man sie wie jedes Jahr um diese Zeit zu Girlanden gebunden. Der erste Tag, an dem die Sonne mittags senkrecht stand, war das Zeichen, war Sein Zeichen, dass er wieder nach dem Fleisch einer Jungfrau gierte, nach Wein und nach Früchten und nach dem Öl der Oliven.

Diomene nahm Abschied über Abschied. Vor dieser Stunde hatte sie sich gefürchtet. Unerträglich hatte sie sich den Schmerz vorgestellt. Nun aber ging sie in einer seltsamen Fühllosigkeit in all den Armen, Küssen und Tränen unter. Und so, als sei nicht sie es, sondern eine ihr unbekannte junge Frau, sah sie dem Ufer nach, als die Saphrosyne aus dem Hafen segelte. Bald schon sah sie niemanden mehr. Bald war da nur noch der steinige Strand, bald auch kein Strand mehr, nur noch die Küstenlinie, rötlich wie die aus dem Wasser steigenden Felsen, leuchtend und blutig im Morgenrot. Dann war da nur noch Bläue ringsum, und in der Bläue das Schiff, von dem der Wind die Blumengirlanden riss.

Die Abschiedsküsse brannten auf Diomenes Gesicht, und jede Umarmung schien auf ihre Haut ein Brandmal gesetzt zu haben. Sie klammerte sich an die Reling und schrie. Sie schrie die Namen aller, die sie liebte, dem Wind zu und den Wolken und dem Himmel und den Wellen.

„Me-de-a", schrie sie.

„A-ge-la-os", schrie sie.

„A-gi-ra", schrie sie und die Namen aller ihrer Freundinnen. Und als da kein Name mehr war bis auf den ihres Bruders, blickte sie geradewegs in die Sonne, tastete nach dem Messer unter ihrem weißen, so jungfräulichen Kleid, spürte das harte Metall an ihrem Schenkel und den Gürtel, an dem es festgemacht war. Unentwegt blickte sie in die Sonne, blickte, bis die Tränen ihr die Sonne aus den Augen wuschen, und dann wollte sie nie wieder an Areon denken.

*

Der Minotaurus saß auf seinem samtroten Diwan, saß auf seiner Terrasse im Steilhang hoch über dem Meer, saß und schaute in die Ferne. Tagein, tagaus saß er so, von Sonnenaufgang bis Sonnenuntergang, und nur sein Schatten war bei ihm. Manchmal redete er mit seinem Schatten, aber der Schatten ließ seinen Schädel nur zu einer stummen Form gerinnen. Dann brüllte der Minotaurus: „Rede!" Mit Stierstimme brüllte er und hätte so gerne mit Menschenstimme gebrüllt. Die aber war ihm wertlos geworden, hatte er doch die Worte vergessen, die früher einmal zu seiner Menschenstimme gehört hatten.

Widerwille erfüllte ihn, als er das Schiff sah. Nur mühsam kam er von seinem Diwan hoch, sein Kreuz schmerzte. Er schlurfte zu seinem Ausguck. Und einmal mehr kränkte es ihn, mit welcher Hast sich das Schiff wieder davongemacht und wie unwürdig man die ihm geweihten Opfergaben am Strand zurückgelassen hatte. Schon die nächste große Welle schwappte darüber hinweg, stülpte die Körbe um und spülte die Früchte über den Kies. Die Tongefäße mit dem Öl der Oliven zerbrachen, das Kleid der jungen Schönheit war durchnässt und die Weinschläuche kullerten und torkelten durch das zurückflutende Wasser wie die aufgedunsenen

Bälge angeschwemmter Ziegenkadaver. Der Anblick vergrößerte nur noch seinen Ekel vor den Menschen.

Tief waren die Verletzungen, die sie ihm zugefügt hatten, seit sein Stiefvater, der König Minos, ihn im Kindesalter hierher verbannt hatte, ihn, den Bastard, halb Stier, halb Mensch, Sohn einer ungetreuen Gemahlin, die sich von Poseidons weißem Stier hatte bespringen lassen. Auf einer Anhöhe setzte man ihn aus, in ein ummauertes Stück Land. Dort trank er aus einer Quelle, dort nährte er sich von Früchten, dort wuchs er heran. Mit jedem Jahr aber wuchsen auch die Mauern um ihn herum, ein labyrinthischer Palast entstand. Als er begriff, dass dies sein ewiges Gefängnis sein sollte, kochte in ihm der Zorn. Ein Dutzend Arbeitssklaven brachte er damals um.

Von einem Monster erzählten sich später die Menschen; diese Verleumdung beleidigte ihn. Sogar die Pest dichteten sie ihm an. Damit er sie ihnen künftig vom Leibe hielte, schickten sie ihm nun alljährlich Jungfrauen. Wie zuwider die ihm waren! Nicht eine hatte er berührt. Allein der Gedanke an das tugendhafte Fleisch der jungen Dinger verursachte ihm Übelkeit. Er spuckte aus. Alle, die den Weg bis zu seiner Terrasse am Ende des Labyrinths gefunden hatten – manche lockte er, ein Zeitvertreib –, fanden auch den Weg den Steilhang hinunter. Und was scherten ihn all die, die in den unendlich verschlungenen Gängen und Nebengängen verschollen blieben? Was ihn berauscht hatte, ein einziges Mal nur, war der Geruch einer, die gehurt hatte. Das war im Jahr, als die Pest nach Kreta zurückgekehrt war, und eine ganze Ewigkeit her. Er blähte die Nüstern in Erinnerung. Sein Geschlecht schwoll. Noch immer haftete jener Geruch in seiner hoch empfindlichen Nase. So blass er auch geworden war, seine Farbe schien mit der zurückzukehren, die jetzt die Anhöhe erklomm, die zwischen Geröll und harten Grasbüscheln dem Pfad folgte, den die Wildschafe getreten hatten. Einmal blieb sie stehen, um Atem zu schöpfen, beschattete die Augen mit einem Arm und sah zu seiner Palastruine hinauf. Je näher sie kam, desto lebendiger und glänzender legte sich der Geruch auf seine Zunge. Die ganze Mundhöhle kleidete er aus. Erregend, groß und schön, ganz wie damals schmeckte er. Diesen Geruch wollte der Minotaurus, und auch die, die ihn trug, wollte er. Er wollte sie ganz, er gierte nach seiner Gier, zog sich von seinem Ausguck zurück und schaffte den samtroten Diwan ins Innere des Labyrinths.

*

Zuletzt waren es noch etwa fünfzig Schritte, die Diomene vom Minotaurus trennten, und es war Nacht. Durch Gänge und Seitengänge, Dämmer und Kühle war sie geirrt, war geflohen vor den Schritten des Minotaurus und ihrem Echo gefolgt, sie war geschlichen und gekrochen, hatte sich in Nischen gedrückt und hinter Mauerecken verborgen, hatte ihre List im Kopf gehabt und unter ihrem Kleid das Messer. Wenn sie den Minotaurus unsichtbar in ihrer Nähe wusste, hatte sie sich ihm gezeigt. Dann war sein wilder Atem hinter ihr und hatte sie gehetzt, und sie musste ihm entkommen, damit er ihr nicht entkam. Sie war gerannt, gerannt und gestolpert, hingeschlagen, aufgestanden und weitergerannt, weiter, bis sie merkte, dass er sie in einen Gang gejagt hatte, der sich in Schwärze verlor. Elend und mutlos hatte sie sich vorwärtsgetastet, eine Blinde, die fürchtete, im Kreis zu gehen, eine Blinde, die nicht mehr wusste, ob es Tag war oder

Nacht, eine Blinde, die in die Tiefe des Labyrinths lauschte und nichts vernahm außer einem fernen Rauschen. Wie Regen kam es ihr vor. Und ihr Herz hatte sie gehört, während ihre Füße den Boden ertasteten und ihre Hände den Weg an der Wand entlang suchten. Unvermittelt endete die Finsternis in einer großen, offenen Säulenhalle. Und jetzt waren es noch etwa fünfzig Schritte.

Die Säulenhalle glich einem verfallenen Tempel. Das Dach war eingestürzt, der Marmor von Rissen durchsetzt, aus dem Untergrund stach borstiges Kraut. Alles glänzte vor Nässe, denn es hatte geregnet, und der Mosaikboden zeigte sein altes Muster. In der Hallenmitte ein samtroter Diwan und neben dem Diwan eine Feuerschale. Auf dem Diwan aber – schwach beleuchtet von den glimmenden Scheiten – saß ein dunkler Jemand. Er saß mit dem Rücken zu ihr, seinen Stierschädel hatte er seitlich auf einen Menschenarm gestützt, die Hörner griffen in den Nachthimmel, als wollten sie die Sterne tilgen. Still war es, und in der Stille war nur sein Atmen, gleichmäßig, tief und schwer. Er atmet wie weiße Stiere atmen, wenn sie schlafen, dachte Diomene und fuhr mit der Hand unter ihr Kleid. Da war das Messer, und da war die Angst.

Diomenes Geruch schreckte den Minotaurus aus seinem Schlummer. Doch er rührte sich nicht. Noch nicht. Eingenickt war er in der Gewissheit, dass jener lichtlose Gang, in den er sie gejagt hatte, sie an diesen Ort führen musste, egal, welchem Abzweig sie auch folgen würde. Er brauchte nur zu warten. Und er hatte gewartet. Die Sonne war aufgegangen, die Sonne war untergegangen, es war Nacht geworden und wieder Tag und nochmals Nacht, es hatte geregnet und wieder aufgehört, und er hatte gewartet. Gewartet und darüber nachgesonnen hatte er, warum sie ihn belauert und so getan hatte, als würde sie fliehen. Was wollte sie? Er atmete gleichmäßig, tief und schwer weiter und hing noch einmal dem Traum nach, den sein Schlaf mit seiner Gier gezeugt hatte.

Diomene setzte lautlos Fuß vor Fuß. Das Messer hielt sie mit beiden Händen. Klingenspitze und Augen waren auf dieselbe Stelle gerichtet. Die Stelle, das war eine weiche Öffnung zwischen den Schulterblättern des Minotaurus, eine Handbreit unter dem massigen Nackenmuskel, da, wo aus weißem Fell ein Menschenrücken wuchs. In diese Öffnung musste das Messer, wollte sie die Hauptschlagader durchtrennen. Sie setzte lautlos Fuß vor Fuß. Und bewegen durfte er sich nicht, nicht umdrehen nach einem Geräusch, das sie machte, denn dann würde sich die Stelle schließen. Sie setzte lautlos Fuß vor Fuß. Auch musste sie außer Reichweite seiner Hörner sein, wenn das Messer in ihm war und er mit einem letzten Ruck die Hörner herumriss, um sie zu durchbohren. Sie setzte lautlos Fuß vor Fuß. Doch wenn es glückte, würde bei Sonnenaufgang ihr weißes Kleid über dem Gemäuer wehen und nie wieder müsste die Saphrosyne blumengeschmückt zu dieser Insel segeln. Für sie selbst aber würde es keine Rückkehr geben, denn der Palast hatte ja keinen Ausgang. Fünf Schritte noch. Diomene setzte lautlos Fuß vor Fuß.

Der Minotaurus hörte Diomene nicht, und doch erlauschte er ihr Näherkommen. Am Geruch erlauschte er es. Und so viel mehr versprach er jetzt als jene Spur, der er zuvor gefolgt war, der er nachgewinselt und nachgeheult, nachgekeucht und nachgehechelt war, einen köchelnden Schuss Gift in den Lenden. Er stocherte in den Überresten seiner Menschensprache nach dem Wort für dieses Gefühl. Doch er stieß nur auf Bilder, eine Welle, die gegen einen Steilhang brandet, und Gischt, gleißend ins Sonnenlicht schießende Gischt. Noch immer rührte sich der Minotaurus nicht. Erst wenn sie dicht hinter ihm war, würde er sich erheben, langsam und freundlich. Eine Majestät würde sie empfangen. Sogar ein Geschenk hatte er für sie: Pfirsiche! Er hob die Lider, einen Spalt nur und in der Hoffnung, aus den Augenwinkeln wenigstens den Saum ihres Kleides zu erblicken.

Doch was er sah, waren nicht nur ein Kleidersaum und staubige Sandalen. Was er sah, war Diomene. Er sah sie ganz. Der regennasse Boden war ihr Spiegel, und in dem Spiegel war sie und war ihre Schönheit und war das Messer. Der Anblick verwirrte ihn.

Als er sich erheben wollte, war das Messer in ihm. Ein Schmerz jenseits von Schmerz hatte ihn im Rücken getroffen, stark und schnell, schneller noch, als sein Tod es sein konnte. Sein Stierkopf kippte vornüber auf die Brust. Pfirsiche rollten über den Boden. Diomene rührte sich nicht. Erst als sich nichts mehr bewegte und kein Geräusch mehr die Stille durchbrach, ging sie um den Diwan herum. Nur in der Feuerschale tanzte noch Glut unter der Asche. Da erhob sich der Minotaurus, wie sich ein Schauspieler erhebt, der soeben gestorben ist.

„Du kannst mich nicht töten", sagte er, „unsterblich bin ich. Ich lebe so lange schon in den Mythen der Menschen, Jahrtausende noch werde ich sie durch ihre Phantasien und Albträume jagen. Und nun komm!"

Diese Worte hatte der Minotaurus in den Überresten seiner Menschensprache zusammengesucht. Diomene aber hörte nur einen weißen Stier brüllen.

Lob der Jadeflöte

Ich, Yüé, Zofe der ehrbaren Li-Sun, will von jenen Tagen berichten, da die Langeweile wie eine müde Bettlerin durch das Schlafgemach meiner Herrin schlich. Ganze zwei Tage schon weilte ihr Gatte, der brave Seidenhändler Wang, zu Geschäften im fernen Honan, und Feng, ihr Liebhaber, hatte sie noch immer nicht besucht. Der Duft von Sandelholz, der ihr Bett im Vorgenuss gefüllt hatte, war verflogen, die roten Lampions flackerten trübe.

Neunmal hatte sie mich zur hinteren Pforte im Bambusgarten geschickt. Neunmal hatte ich nachsehen müssen, ob sie unverschlossen war. Neunmal hatte ich ihr versichert, dass es so sei. „Yüé, hast du vergessen, meine Nachricht im Hause Wu abzugeben? Hast du sie gar verloren, vor der Tür der Nachbarin Tscheng womöglich?" Immer wieder fragte sie mich das, immer wieder versicherte ich ihr, dass es nicht so sei. „Oje", seufzte sie dann, „Feng liebt mich nicht mehr, oje!"

Ich brachte ihr Tee und süße, mit Dattel-Mus gefüllte Reisklößchen, doch sie schickte mich in die Küche zurück. Der Tee schmecke schal und die Klößchen nach alten Männern; etwas Knuspriges verlange sie.

Der Koch rollte kleine Fische in Teig und briet sie mit Ingwerknospen in Erdnussöl, neun an der Zahl, denn die Neun brachte Glück. Li-Sun aber hob nur die Brauen und schob die schöne Speise beiseite. Ein Kirschmund sei nun eine Trockenbeere, musste ich dem Koch ausrichten.

Kein Gedicht, kein Rätselspiel konnte sie erfreuen, nicht die Blumen, die ich ihr zum Bewundern vorlegte, nicht der

Gesang der Nachtigall; neunmal hintereinander zog ich den Kunstvogel auf. Ich sang ihr das Lied *Glöckchen in der Regennacht* vor und spielte auf der Laute *Ich erwache erleuchtet, und es kommt mir das Lachen*. Doch ich schaute nur Tränen.

Ihr Kopfweh wurde immer ärger. Und da es unschicklich gewesen wäre, dem Liebsten mitzuteilen, des Gatten Geschäfte im fernen Honan zögen sich hin, wurde ihre Pein auch meine Pein. So nahm ich schließlich den Pinsel, rieb den Tuschestein und schrieb an meinen Cousin. Auf das, ach, so keusche Reispapier schrieb ich: Die ehrbare Li-Sun ist sehr betrübt, der Kelch einer Magnolienblüte ohne Saft. Heitere sie auf mit dem Spiel deiner Jadeflöte, du bist ein Meister, Shikai, wer wüsste das besser als ich.

Zur vereinbarten Stunde, kaum dass der Mond sich über dem Bambusgarten gezeigt hatte, hörte ich die hintere Gartenpforte quietschen. Ich lief dem Cousin entgegen, bat ihn beim Pavillon zu warten und kündigte der ehrbaren Li-Sun den Besuch meines Verwandten an, sprach von Genesung durch die Jadeflöte und lobte sein Spiel. Sie lachte mich aus: „Shikai? Kaum siebzehn Jahre ist er, ein Knabe noch, und möchte mir mit der Jadeflöte aufspielen!" Ich aber fügte hinzu, sein Instrument sei ein Feldmarschall, seine Finger geschickt, seine Zunge virtuos, sein Rhythmus zart oder stürmisch, ganz nach Verlangen; höchste Wonnen, schönste Schauer, größtes Entzücken könne ich ihr versprechen. Neunmal in einer Nacht lasse er die Goldammer zwitschern. Da flog ein Lächeln über ihr Gesicht, weich wie Falterhaar, und ihre Augen glänzten groß, schwarz und feucht. „Wenn Tee gereicht wird, was muss man sich da über das Alter der Blätter Gedanken machen", lachte sie.

Was soll ich berichten von jenen Nachtstunden, da ich –

verborgen hinter einem Wandschirm – das Flötenspiel belauschte?

Seide raschelte, ein Samtpantoffel fiel. Seufzer, Küsse und Flüstern hörte ich, und die Worte: „Hilf mir bei den Bändern und Schleifen, Shikai, nur noch meinen Duft möchte ich tragen."

Als ich gegen Mitternacht einen Blick an dem Wandschirm vorbei hinüber zum Bett wagte, sah ich im Mondlicht ein Schiff auf hoher See. Der Wellengang war beträchtlich, der Baldachin blähte sich im Sturm, das Holz ächzte in den Fugen. Zwischen all den Kissen war das Paar fast verschwunden. Nur Shikais Rücken konnte ich erkennen und über seinen Schultern Li-Suns Lotosfüße, klein und anmutig wie Mädchenhände, gebunden mit eisvogelblauen Taftbändern.

Zum Abschied sollte Shikai einen Pfirsich bekommen. Während er noch schlief, ermattet von der Seefahrt, und sie sich im Bade erfrischte, öffnete ich die Deckelvase mit den Blütenpollen, schüttete den Inhalt auf ein Seidentuch und verteilte ihn sorgsam. Darauf setzte sie sich – ich hielt ihre Kleider –, bevor sie den Pfirsich auf ein weißes Blatt Papier drückte. An den Rand malte sie die Schriftzeichen *Lob* und *Jadeflöte*.

Was uns verwandelt

Sie konnte sich nicht mehr erinnern, welche Gestalt sie vor ihrem Schlaf gehabt hatte. Eine Frostnacht war stärker gewesen als sie und hatte sie eingesponnen in Vergessen und Verwandlung. Noch hielt sie sich für einen Traum, doch als sie die Glieder strecken wollte, fand sie diese auf ihrer Brust ineinandergeflochten, und die Enge um sie herum war auf einmal nicht mehr geträumt. Worin auch immer sie gefangen lag, was immer sie eingekapselt, verschnürt und gefaltet hatte, es hinderte sie am Atmen. Jeden Muskel, jede Faser musste sie anspannen, um den Panzer zu sprengen, der sie umschloss. Das brauchte Kraft. Und Kraft brauchte es, sich aus der Erde zu befreien, die sie bedeckte. Und nochmals Kraft, das Laub darüber beiseite zu schieben, eine pappige Schicht aus Blättern vom Vorjahr, die feucht war und schwer. Nur mühsam kam sie voran. Der neue Körper war ihr noch fremd und schien so gar nicht geschaffen für eine Arbeit wie diese. Schaufelartige Werkzeuge hätte sie gebraucht.

Im Freien dann, hingekauert auf den Erdboden, erschöpft dem dürren Abendlicht ausgesetzt, beunruhigte sie plötzlich ein Vorgang auf ihrem Rücken. Etwas sog und zog an den Schultern, entfaltete sich dort, spannte und spreizte sich, bildete ein filigranes Gerüst, bildete Fächer, bildete Flügel, zwei auf jeder Seite wuchsen aus ihren Schultern heraus. Die öffneten sich, öffneten sich weit, und machten sie leicht. Wunderbar leicht wurde sie. Ihr Körper hatte kaum noch Gewicht. Sie spürte, sie war nun kein Kind der Erde mehr, sondern von jetzt ab mit der Luft verwandt. Auf einem Stein erwartete sie der Wind. Dem gab sie sich hin, und der Wind nahm sie mit, nahm ihren leicht so leicht gewordenen Körper mit sich, wehte ihn fort in die Dämmerung, und sie ließ es geschehen.

Der Park war noch regennass, aber voller Gerüche. Wie glitzernde Pfade schwebten sie in der Dunkelheit. Immer neue Wege und Nebenwege taten sich auf und lockten sie hinein in die blühenden Büsche. Geißblatt, Liguster, Jasmin. Welchem Duft sie auch folgte, jeder endete bei einer Blüte, und jede Blüte war Nektar und Rausch. Wie ein Kolibri stand sie im Schwirrflug davor, das Saugröhrchen tief in den Kelch gesenkt. Und als die Nacht eben eine Handvoll Sterne an den Himmel geworfen hatte, zuckte ein Flügelpaar an ihr vorbei. Sie spürte dem Luftzug nach: ein Nachtfalter, ein großer Schwärmer, einer von der Art wie sie. Verheißungsvoll und erregend war seine Spur. Sie folgte seinem Flug durch die Nacht.

Die Magnolienblüten zogen ihn an. Jede öffnete ihm ihren Kelch. Eine nach der anderen nahm er. Stehend und mit rasendem Flügelschlag schoss er sein Saugröhrchen in ihren rosigen Saft. Er wurde und wurde nicht satt. Sie sah es mit Ungeduld, mit aberhundert Augen sah sie es, aberhundert Facetten spiegelten es in aberhundert Bildern. Der Mond stieg höher, Venus erschien, Mars zeigte sich. Entschlossen streifte sie ihn mit ihren Flügelspitzen. Ein Kuss in der Sprache des Himmels. Er hielt inne.

Wer warb um wen in diesem Spiel? Sie jagten einander, bis aus Flucht und Verfolgung, aus Suchen und Finden ein Gaukeln wurde, ein Flackern, ein Tanz, ein flirrender Akt, der ihnen geschah. Das Ritual war uralt. Es war ein Austausch von etwas, das sein musste, das satt machte und müde und gegen Morgen, als der Tag die Sterne einzusammeln begann, schon fade schmeckte. Sie ließen voneinander ab. Jeder flog in eine Baumspalte, um zu ruhen, schlug die Flügel übereinander, danach von Neuem verwandelt, doch nun in ein Stück Borke am Stamm.

Luxus, Stille und Wollust

Mein Lieblingswort? – Paradiesbewohner. Meine Lieblingsfarbe? – Hummer ... Kaviar ... Trüffel ... Ob mir Pop-Art gefällt? Ob mir der Künstler Allen Jones was sagt? – Sie können Fragen stellen, mein Herr. Wenn Sie auf Silikon-Implantate und geschnürte Korsagen ... Ach, wegen meiner Stiefel kommen Sie auf Allen Jones, weil seine Ladys auch Schaftstiefel mit solchen mannstollen Absätzen tragen ... Warum schmunzeln Sie? Nein, höher, steiler, spitzer sind sie nicht zu bekommen. Mein Lieblingswerk von Allen Jones ist übrigens *Luxus, Stille und Wollust*. Auf Ihr Wohl, mein Herr, auf den Luxus, die Stille ... Haben Sie wirklich angenommen, ich hätte nicht bemerkt, wie Sie mir durch die Fußgängerzone gefolgt sind, so diskret, so selbst- und zielsicher, dass ich Sie bemerken musste? So etwas schmeichelt den Frauen. Mich macht es willenlos. Jetzt sind wir hier, im besten Hotel der Stadt und trinken Champagner in der Penthouse-Suite. Sie sitzen mir im Kimono gegenüber, dem auberginefarbenen, den man für den Herrn vorgesehen hat, und ich Ihnen – nun ja – ohne Kimono, in diesem Hauch von Drunter und Drüber, weil mir die Farbe *Flamingo* einfach nicht steht, und weiße Bademäntel sind eine ästhetische Zumutung, da bin ich ganz Ihrer Meinung ... Für Sie war also klar, dass es die Penthouse-Suite sein muss, dass mit jemandem, der sich Stiefel wie diese hier leistet, Stiefel zu einem so übergeschnappten, einem zum Totlachen aberwitzigen Preis, dass mit jemandem wie mir, wenn überhaupt, nur die Penthouse-Suite geht. Sieht man mir das an? Das wäre mir peinlich. Kommen Sie, schauen Sie, der Blick über die Stadt ist wirklich schön, die bunten

Geschäftsstraßen am Abend, der blinkende Verkehr, in der Ferne der Kreisel, das angestrahlte Opernhaus, der schwarze Fluss. Der Blick ist nicht so eintönig wie das Blau in Blau der Südsee. Und nicht so apokalyptisch wie die Raserei der Leuchtschriften, diese Amok laufenden Lichter und Farben in einer dieser ostasiatischen Mega-Citys. Vom Straßenlärm hört man nichts hier oben. Sie finden, das Schönste an dem Ausblick bin ich auf dem weißen Ledersofa davor, mit diesen handschuhweichen, diesen bis über die Knie reichenden Stiefeln und – natürlich – mit diesen Beinen. Danke! Meine Beine und meine Stiefel hatten es Ihnen also angetan, als Sie mich ansprachen, als Sie mir mit der größten Selbstverständlichkeit der Welt – ein wenig zu väterlich vielleicht – die Einkaufstüten abnahmen und mich zu einem *Business-Lunch* einluden. Unsere Geschäftsbeziehung sollten wir pflegen, denke ich. Probieren Sie mal diese Chili-Ingwer-Häppchen ... Wann bin ich Ihnen eigentlich aufgefallen? Kauen Sie ruhig aus ... Aha, bei *Laura's* haben Sie mich durchs Schaufenster gesehen. Ja, vor ihrem Geschäft bleibt jeder stehen, empfindliche Gemüter wünschen sich eine Blindenbrille. Lachen sie nicht! Sie sagen, es waren die Auslagen, die Sie fesselten, zunächst jedenfalls, dann ich und meine Hände, wie sie durch die Dessous glitten. Ja, Lauras Kreationen sind eine Erweckung, eine Offenbarung, *Songs of Love and Hate* nenne ich sie. Was Sie an mir sehen, ist übrigens maßgeschneidert. Kommen Sie, streichen Sie mal drüber. Auch hier. Und da. Ja, genau diese Stelle! Na, wie fühlt sich das an? Ein solches Teil lässt sich nur träumen, Sie sagen es. Es spricht mit Engelszungen zu Ihnen. Ihr Marschallstab versteht diese Sprache, wie ich sehe. Aber Ihre Hand hat dort nichts zu suchen. Das Prachtstück sollten Sie besser mir überlassen, meine

Zunge ist eine Akrobatin, fähig zu tollkühnen Flick-Flacks und verwegenen Roll-ups. Nein, nichts, was ich in den Mund nehme, ist schmutzig, gewisse Wörter ausgenommen … Die möchten Sie hören, die soll ich Ihnen ins Ohr flüstern? Jetzt? Mein Herr, geflüstert wird bei mir nicht, weder ins Ohr noch vor Mitternacht. Sie sagen, mein kurzes, platinblondes Haar fühlt sich an wie Hermelinfell. Und meine kindlichen Brüste, meine knabenhafte Figur, was ist damit? Soso, der Weihrauch in meiner Stimme turnt Sie an. Auf Weihrauch wäre ich niemals gekommen. Wer *Weihrauch* sagt, denkt nämlich weiter, tiefer, der denkt an Sünde und Beichte, wenn er ans Ende denkt, in Ihrem Phall natürlich an das Ende meiner Beine, an das Dazwischen, die Wölbungen der Venus, glatt wie ein Handschmeichler und samtweich wie Stutenlippen. Geben Sie zu, in Gedanken spielen Ihre Finger doch längst unter den mitternachtsblauen Spitzen herum. Sie schwitzen ja! Öffnen Sie den Kimono! Weiter! Lockern Sie ihn auch oben. Ich liebe graues Brusthaar. Ich fahre gern mit den Fingern hinein. Ihr Brusthaar ist wunderbar dicht, es wirkt sehr nobel in diesem Ambiente. Wissen Sie was: Ich habe Lust auf den Whirlpool, kommen Sie, wir sollten ihn sprudeln lassen. Ich gehe schon mal rüber … Warum langsam? Ach so, weil Sie den Anblick meiner Rückseite genießen wollen. Schlendern soll ich. Gut, mein Herr, dann werde ich mal den Schlendrian in meinen Schritt legen. Aber mit Stiefeln kann ich nicht ins Wasser steigen. Helfen Sie mir beim Ausziehen! Auf dem Boden geht es am besten. Ich setze mich hin und Sie ziehen. Nur zu, fassen Sie mit beiden Händen unter die Ferse! Klar, die Absätze sind schamlos, geradezu obszön. Gut so, und jetzt ziehen! Kräftig! Lassen Sie uns doch „du" zueinander sagen, Ihren richtigen Namen können Sie für sich behalten.

Ich bin Marlene ... an der Ferse ... ziehen, ziehen ... grrrrr ... also Jean-Claude heißt du, Jean-Claude gefällt mir, Französisch mag ich ... ziehen ... grrrrr ... auch die Sprache, oh ja, auch die Sprache gefällt mir ... schmmm ... perfekt machst du das ... schmmm ... weiter, weiter ... ein bisschen noch ... schmmm ... gleich, gleich ... mit Gefühl, Jean-Claude, mit Gefühl ... jajajajaja ... jaaaaa! Und jetzt den zweiten Stiefel. Kannst du noch?

Ruby

Sie tragen die Namen exotischer Blüten und edler Steine, die Künstlerinnen im Studio Opal. Ich bin auf dem Weg zu Ruby. Ruby wie Rubin. Ein Rubin gilt als Stein des Lebens und der Liebe. Gegen die Sonne gehalten, funkelt er rot wie zuckende Glut. Zu den begehrtesten zählen angeblich jene, die nicht in Facetten, sondern in die gewölbte Form eines Cabochon geschliffen worden sind und das Auge täuschen. Manche spiegeln dem Betrachter einen sechsstrahligen Stern vor, andere blitzen ihn aus schlitzförmiger Katzenpupille an, wieder andere erwecken den Eindruck, aus einem Spalt in der Oberfläche dringe reinweißes Licht.

Ich besuche das Studio zum ersten Mal, ich tue es aus Traurigkeit. „Ich liebe dich nicht mehr", hatte Jan gesagt. Es war endgültig und sinnlos, noch Fragen zu stellen. Meinem Schmerz folgte die Wut und meiner Wut die Traurigkeit.

Anstelle des Aufzugs habe ich die Treppe genommen. Sie ist meine letzte Bedenkzeit bis zur elften Etage und meine Entschuldigung, wenn ich außer Atem und mit rasendem Herzschlag tatsächlich eintreten sollte, andernfalls wäre sie mein Fluchtweg.

Ich kenne Ruby nicht, ich habe nur ihr Foto auf der Website des Studios gesehen. Mehr als die Andeutung eines femininen Körpers in schwarzen Spitzen-Dessous war darauf nicht zu erkennen. Ein erstarrtes, ein flimmerndes Bild. Ich kniff die Augen zusammen, als blickte ich in grelles Licht, und war geblendet, obwohl das schwarzweiße Foto sie nur matt beleuchtet in der Rückenansicht zeigt. In einem pudrigen Halbdunkel posiert sie rittlings auf einem Stuhl, die Arme auf der Lehne, die Beine weit von sich gestreckt, gespreizt, den Kopf ins Halbprofil gedreht. Lächelnd. Vielleicht. Ihre Locken verdecken einen Teil des Gesichts. Ich versuchte, die Spitzenornamente wie Zeichen und Symbole auf ihrer Haut zu lesen. Entschlüsseln ließen sie sich nicht.

Das Gebäude ist wie ausgestorben um diese abendliche Stunde, im Treppenhaus nur der Hall und Widerhall meiner Absätze. Und plötzlich das Abwärtsrauschen des Fahrstuhls neben mir im Aufzugsschacht. Momente später höre ich das sanfte Kling, mit dem sich im Erdgeschoss die Türen öffnen, und die harten Schritte eines Mannes.

In den unteren Stockwerken bin ich an einer Anwaltskanzlei, einem Dentallabor und einer Werbefirma vorbeigekommen, jetzt nur noch an leeren Büroetagen. Die Gerüche verändern sich, je höher ich komme, und immer deutlicher mischt sich in die faden Ausdünstungen des Gebäudes ein Duft. In jedem neuen Stockwerk bleibe ich am Fenster stehen, um den Grad meiner Entrückung von der Stadt zu messen. Die Lichter werden kleiner, mehr und mehr Himmel, mehr und mehr Sterne schieben sich in das Panorama.

Ich bin angekommen in der elften Etage und klingele mit all meinen Zweifeln, und als sich über die Sprechanlage eine Stimme meldet, nenne ich ihr meinen Namen. Er ist frei erfunden wie alle Namen hier, wirkt aber so überzeugend wie die Herzlichkeit, mit der mich Simili, die Stimme, in Empfang nimmt. Der Duft, den ich im Treppenhaus nur vage wahrgenommen habe, trifft mich beim Eintreten mit ganzer Wucht. Es ist der Duft der Erwartung, der Duft schöner Frauen. Wie hübsch Simili lächelt. Über der hautengen Jeans trägt sie eine helle Bluse. Wäre die nicht durchsichtig, nicht bis zum Busen aufgeknöpft und der BH darunter nicht rot, hätte ich sie für eine Studentin gehalten.

Simili führt mich an geschlossenen Türen vorbei in einen arabisch anmutenden Raum. Er ist in gedämpften Sand- und Saharatönen gehalten, intim beleuchtet, aber maßlos überheizt. Im Mittelpunkt findet sich ein Futon mit einem Überwurf. Die traditionellen Berbermuster auf safrangelbem Grund erinnern mich an Marokko, an Jan und mich und an unsere Tour durch die Wüste. Berge, Geröll, das Drama der Landschaft, unser Drama.

Während Simili mir meinen Trench abnimmt, bitte ich sie, die Heizung ein wenig herunterzudrehen. Sie lächelt über meinen Wunsch hinweg und fragt, was ich trinken möchte: „Ein Glas Champagner? Einen Pernod? Einen Cocktail?" „Einen Pfefferminztee", antworte ich, irritiert von einem Schachspiel mit großen Figuren. Das Spiel ist auf einem niedrigen Tisch zwischen zwei Korbsesseln aufgebaut, vermutlich zur Dekoration, denn dass man sich hier zu einer Partie Schach trifft, kann ich mir nur schwer vorstellen.

Als Simili hinausgegangen ist, um mir den Tee zu holen, den Pfefferminztee, den ich eigentlich nicht möchte, nehme ich den weißen König vom Brett. Angenehm warm, angenehm schwer füllt er meine Hand, dieser Phallus aus Silikon, der den König darstellt. Ich denke an Jan und stelle den König an seinen Platz zurück, setze mich in einen der Korbsessel und frage mich, was ich mache, wenn mir Ruby, die mich tantrisch-sinnlich massieren soll, unsympathisch ist. Noch bevor ich die Antwort weiß, betritt sie das Zimmer und begrüßt mich auf eine unerwartet natürliche Art. Dass ihre Augen strahlen und sie mir statt eines Tees einen Longdrink mitgebracht hat, nimmt mich für sie ein. Sie spricht mich mit du und Kornelia an, und ich fühle mich sehr falsch in diesem falschen Namen. Da mein Blick auf den smaragdgrünen Inhalt im Glas wohl skeptisch gewirkt hat, erklärt sie, dass es ein französischer *Diabolo menthe* sei, alkoholfrei, und dass er auch nach Pfefferminze schmecke, nur hundertmal besser als Tee. Sie lächelt, ich nehme einen Schluck und lächele dann auch.

Wir plaudern, um unsere Fremdheit zu überwinden, wir reden nichts Besonderes und lachen über Belanglosigkeiten, auch Verlegenheit ist im Spiel. Ruby interessiert, wie ich auf das Studio aufmerksam geworden bin. Im Internet, sage ich, im Internet sei ich zufällig darauf gestoßen und dann neugierig geworden. Dass es zufällig war, ist gelogen, denn ich habe gezielt gesucht. Nach dem Studio. Und nach ihr, Ruby. Ich sage, und das ist die Wahrheit, dass ich mich noch nie tantrisch-sinnlich habe massieren lassen. Und weil ich es wichtig finde, füge ich hinzu, dass ich nicht lesbisch bin, auch wenn ich mich für eine Frau entschieden habe. Ruby beruhigt mich: nur selten würde sich ein weiblicher Gast diese Art der Massage von einem Mann geben lassen.

Rubinrot die Lippen, rubinrot das Kleid, dunkel die Augen, die Wimpern, das Haar. Ruby ist eine verdammt schöne Masseurin. Ich ziehe einen langen Schluck Smaragdgrün durch das Trinkröhrchen und spüre meiner Traurigkeit nach. Ob sie eine Behinderung, Allergie oder sonstige Beschwerden beachten müsse? Nein, antworte ich, das brauche sie nicht.

Sie greift in ein Wandregal, sucht aus einem Stapel Sarongs einen in Kupfer- und Messingtönen für mich heraus und reicht ihn mir. Ich entfalte das große gemusterte Tuch und halte es mir an. Fremdartige Gerüche, herb und harzig wie Weihrauch steigen auf. Die Farben stünden mir gut, meint sie und zeigt mir, wie man sich nach dem Duschen stilgerecht in einen Sarong wickelt. Männer bräuchten ihn sich ja nur um die Hüften zu schlingen, als Frau aber kreuzt man die Enden über dem Busen und bindet sie im Nacken zusammen.

Ich dusche, ich trockne mich ab, ich habe Herzklopfen und ein glühendes Gesicht, als ich, meine Nacktheit in kupfer- und messingfarbene Ornamente gehüllt, barfuß zurückkehre. Den überheizten Raum empfinde ich nun als angenehm warm.

Auch meine Masseurin ist jetzt nur noch mit einem Sarong bekleidet. Auf dem Futon erwartet sie mich, ihre glatten Schultern schimmern goldbraun im Widerschein einer niedrigen Bodenlampe. Sie hat den Lotossitz eingenommen, ich setze mich ihr im Schneidersitz gegenüber, komme mir plump dabei vor und ärgere mich. Vermutlich hätte ich es wie sie geschafft, meine Füße so auf dem Schenkel des anderen Beins abzulegen, dass die Sohlen nach oben zeigen und die Knie die Unterlage berühren.

Wir sehen einander an. Ruby bedankt sich für mein Vertrauen. Ich nicke, weil ich darauf nicht antworten kann. Dann fasst sie nach meiner rechten Hand und legt sie sich aufs Herz. Das ist mir unangenehm. Ich schließe die Augen, spüre, wie sich ihre Hand auf mein Herz legt, und denke, dass ihr diese Geste nicht zukommt. Sie spricht von Energie, die nun von ihr zu mir und von mir zu ihr fließt, was ich gedanklich als Humbug abtue. Weder spüre ich einen Energiefluss noch kann ich mir vorstellen, welcher Art diese Energie sein sollte. Wäre ich überzeugt davon, dass es sie gibt, diese Energie, würde ich mich ihr augenblicklich entziehen. Aus Vorsicht. Schließlich hat man einen unbekannten Menschen vor sich und weiß nicht, mit welchem Seelenstoff die Energie aufgeladen ist, die man in sein Inneres einlässt, und was sie dort anzurichten vermag.

Ein Piano spielt *Für Alina*. Merkwürdig, dass ich die Musik erst jetzt wahrnehme, wo sie doch von Arvo Pärt, Jans Lieblingskomponisten ist. Ich mag dieses Stück wegen seiner Einfachheit der meditativen, ja spirituelle Ruhe, die von ihm ausgeht. Die CD hat mir Jan in der Frühzeit unserer Liebe geschenkt. Jetzt, wo sie vorbei ist, seine Liebe, bekommt jeder dieser unvorstellbar schön gespielten Töne eine andere Bedeutung. Und die tut weh.

Ich sage, die Musik gefalle mir. Die sei von Arvo Pärt, antwortet Ruby schwärmerisch, wie von einer Bezauberung erfasst. Ob ich ihn kenne? Ich nicke und nehme meine Hand von ihrem Herzen, auch sie lässt mein Herz los. Ihr neuer Freund sei es gewesen, der sie mit seiner Begeisterung für Pärts Musik angesteckt habe. Sie betrachtet mich mit einer Spur Unsicherheit und sagt dann, ich müsse meinen Atem beruhigen, ein paar Minuten solle ich mich auf nichts anderes konzentrieren als mein Ein- und Ausatmen, und wenn sich Gedanken einstellen, solle ich sie nur anschauen und weiterziehen lassen. Ein ruhiger Atem sei wichtig, damit ich in den vollen Genuss meiner Sinnlichkeit komme.

Ich folge dem Rhythmus, den sie vorgibt, halte die Augen geschlossen, atme ein, atme aus und lausche den Pianoklängen. Aus der Vergangenheit fallen sie in die Stille wie Tropfen aus Kristall, wie angestrahlt, makellos und durchsichtig, weißes Licht, das Ruby und ich wie Prismen in Farben aufbrechen.

Als Jan in meine Gedanken tritt, schaue ich ihn an, halte ihn einen Atemzug lang fest und lasse ihn gehen. Tränen steigen auf. Ich unterdrücke sie und hoffe, dass sie mich nicht doch noch überrollen, als ich die Augen öffne. Ruby nimmt das als Zeichen, jetzt weiterzumachen. Sie beugt sich vor und greift in meinen Nacken, um den Sarong zu lösen. Ihr Gesicht nah ganz nah. Das dunkle, duftende Haar streift mich, wie es Jan gestreift haben mag. Nicht hier. Wie ich weiß, hat er das Studio niemals betreten. Diese Information, und noch einige mehr, hat mir ein diskret arbeitender Agent für ein Stundenhonorar von zweihundert Euro geliefert, zuzüglich Spesen. Ich schäme mich vor mir selbst, ihn überhaupt beauftragt zu haben.

Der Futon hat die schönen Maße einer Spielwiese und ist angenehm von unten beheizt. Ich drehe mich auf den Bauch, vertraue meine Wange einem flachen Kissen an und breite die Arme zum Flug aus. Soll er mich tragen, wohin er will. Ich spüre, wie sich der Sarong nun als Tuch auf meinen Rücken senkt und langsam, ganz langsam fortgezogen wird. In einem heiligen Schauer gleitet der Stoff von meinen Schultern zum Gesäß und über die Rückseite meiner Schenkel und Waden. Warme Hände legen sich um meine Fußgelenke, spreizen meine Beine ein Stück und schieben sich dann unter mein Becken, um es anzuheben und durch sanftes Schütteln und Schwenken zu lockern. Dann kehren die Hände zurück zu meinem Rücken, um sich jener Stelle knapp über dem Gesäß zu widmen, die von Esoterikern, Yoga-Anhängern und wohl auch von Ruby als *Wurzelchakra* bezeichnet wird. Es gilt ihnen als Zentrum der Lebenskraft, des Ur-Vertrauens, der Standfestigkeit und der sexuellen Energie. Für mich ist diese Stelle ein schlichtes Steißbein.

Wildrosenduft, ein leises Geräusch und ein angenehm heißer Strich Öl entlang meiner Wirbelsäule. Ich blinzele.

In meinem Augenspalt goldbraun schimmernde Formen, ein Frauenkörper, glatt wie polierte Bronze. Beneidenswert. Begehrenswert. Ruby hat ihren Sarong abgelegt. Sie hockt auf den Knien an meiner linken Seite, in der Hand ein blankes Gefäß. In der Jugend ist der Teufel schön, heißt es. Ich schließe die Augen. Noch einmal das leise Geräusch und dann zwei Hände, die Öl und einen aus Rosen und Wildnis gemachten Duft über meine Haut ziehen. Jans Geliebte wird mich nun massieren, bis ich wohlig durchblutet bin, und mir einen sinnlichen Abschluss bereiten. So ist es besprochen und ich denke: Was für eine absurde und zugleich intime Situation.

Rollen, Streichen, Kneten, Walken. Ich gebe mich hin. Die Griffe wechseln. Sie wärmen, sie tuen gut, sie beruhigen und machen mich schläfrig. Bilder treiben vorüber wie auf der Schwelle zum Schlaf. Ich sehe Jan, den Kunden im Juweliergeschäft, der sich eine Omega zulegen will. Und ich sehe Ruby, die hübsche Verkäuferin, die ihn charmant berät. Ich sehe auch, wie er ihr beim Abholen der Uhr – das Armband musste noch angepasst werden – seine Visitenkarte gibt und wie das Rot ihrer Lippen glüht, als sie auf der Rückseite liest: Ich warte auf Ihren Anruf. Jan kennt seine Wirkung auf Frauen. Und fällt gerne mit der Tür ins Haus. So ähnlich stelle ich mir ihre erste Begegnung vor. Ich kann mir vieles vorstellen. Was ich mir allerdings nicht vorstellen kann, ist, dass Jan über die Nebentätigkeit seiner Geliebten Bescheid weiß. Genauso unvorstellbar ist es für mich, es ihm mitzuteilen. Nein, es wird keinen Anruf, keine SMS, keine anonyme Zeile an seine neue Adresse geben.

Ob ich kitzelig an den Füßen sei? Sehr kitzelig, antworte ich.

Behutsam, als handle es sich um schreckhafte Wesen, nimmt Ruby erst den einen, dann den anderen Fuß in ihre Hände und beginnt, Fersen, Sohlen und Zehen neu zu modellieren. Mit viel Fingerspitzengefühl geht sie vor, fahndet dabei nach Punkten, die schmerzen könnten, was sie nicht tun, und als sie mir meine Füße zurückgibt, fühlen sie sich wie Plüschtiere an.

Auf Katzensohlen ist Ruby um mich herumgegangen und hat sich hinter meinem Kopf niedergelassen. Ich atme in die letzten Takte *Für Alina*, dann in die Stille wie in eine Traumzeit. Eine Hand legt sich auf mein Haar, als berühre sie eine Schlafende. Ich möge mich auf den Rücken legen, haucht sie.

Als ich ihr meine Vorderseite zuwende, tue ich es mit dem Gefühl, mich ungeschützt ihrem Blick auszusetzen, meine unvollkommenen Brüste, meinen weichen Bauch, mein Schamdreieck, das ich nicht rasiere, wie es Mode ist. Und eine lange Narbe über dem Schambein offenbare ich. Sie ist der sichtbare Teil eines Schnitts, der viel, viel tiefer ging. Als es durchlitten war, brachte man sie mir, unsere Zwillinge. Wolkenkinder. Man hatte sie in eine gemeinsame Decke eingeschlagen und in ein hellgelbes Häkelkörbchen gelegt. Das gab man mir in den Arm. Ich sah sie lange an. Sie waren wunderschön, aber sehr, sehr klein und ihre Marmorgesichtchen beinahe durchsichtig. Goldene Wimpern hatten sie, und ihre kaum zu erahnenden Brauen glichen einem zarten, wie von Feenhand gezogenen Pinselstrich. Ich drückte die winzigen Geschöpfe an meine Wange und küsste ihre kühle Stirn. Nora und Arno.

Ruby beugt sich über mich. Ich spüre den sanften Druck ihrer Handflächen auf meinen beiden Schultern, spüre, wie sie sich öffnen und weich werden, wie sie sich entspannen und an die Unterlage schmiegen. Eine Violine setzt ein. Am ersten Ton erkenne ich das Stück: *Spiegel im Spiegel*. Arvo Pärt.

Ich lausche und fühle. Hände streichen über mich hin, sie fließen an meinen Armen entlang, lockern die Anspannung, gleiten in meine Finger, verweilen dort für einen Herzschlag, gleiten heraus und legen sich auf mein Brustbein. Hier streichen sie, wie um es zu glätten, über mein Dekolletee, streichen und streicheln bis zu den Brüsten. Mit großer Zartheit umfassen sie, was Jan wie eine Beute packte, was er verschlang, weil es verschlungen sein wollte. Diese Frauenhände aber spielen mit meinen Brüsten. Das Gefühl ist süß. Und leer. Wie Selbstbefriedigung. In pharaonischer Körperhaltung, passiv, die Augen geschlossen wie beim Sonnenbaden, lasse ich es geschehen. Unter einer goldenen Maske ruhe ich und lasse mein Fleisch schmücken. Das ist köstlich. Die Künstlerin öffnet meine Schenkel, berührt wie aus Versehen, wie mit einem flüchtigen Kuss mein Venusfleisch. Dann kniet sie sich in das Delta der Beine, hebt meinen offenen Schoß zu sich auf die Knie, und ich lege meine Oberschenkel auf ihren Oberschenkeln ab.

Öl, verschwenderisch viel warmes Öl. Kunstvolle Griffe. Wonne. Sie flutet heran wie Meeresatmen, wieder und wieder, und in den Pausen, dem Atemholen des Meeres, sehne ich mich nach diesem Heranfluten. Und es flutet. Höher. Stärker. Und endlich, berauschend und überwältigend lichtblau der große Schub, der Überschlag, der mich unter Wasser drückt. Beim Auftauchen Lichterglanz auf den Wogen. Ich atme. Ein wohliges, mädchenhaft verschämtes Lachen verlässt mich. Ein Reflex. In der auslaufenden Brandung finde ich mich wieder. Allein. Weich. Und unendlich traurig.

Ich sei schnell gewesen, meint Ruby, sie sei gar nicht zu einer inneren Massage gekommen. Ob sie weitermachen solle? Ich schüttele den Kopf. Nein, alles sei gut so. Sie deckt den Sarong über mich, sagt, sie werde mich jetzt einige Minuten allein lassen, damit ich meine Entspannung in Ruhe genießen könne. Bevor sie hinausgeht, wechselt sie die CD. Noch einmal Arvo Pärt. *Tabula Rasa.*

Schon nach wenigen Minuten habe ich das Bedürfnis, unter die Dusche zu gehen. Alles abwaschen, fortspülen, sich reinigen und dann hinausgehen in die Nacht. Nur nicht nachgrübeln über Männer in der Midlifecrisis oder junge Frauen, die in einem Studio wie diesem arbeiten. Klischees würde ich finden, aber keine Antwort. Als ich gerade den Sarong angelegt und den für tantrisch-sinnliche eineinhalb Stunden üblichen Betrag gut sichtbar und in Scheinen unter den Rand des Schachbretts geschoben habe, erscheint Ruby mit einem Teller voller Früchte. Kiwi, Ananas, Orangen, alles ist in appetitliche Stücke geschnitten. Zum Ausklang, sagt sie, ihr Lächeln ist voller Sympathie für mich. Ich freue mich über die Geste. Und weil es eine reichliche Portion ist, schlage ich vor, dass wir uns gemeinsam bedienen.

Mit kleinen, bunten Plastikspießen picken wir die Obststücke vom Teller. Derweil erfahre ich dies und das über die Männer, die zu ihr kommen. Auch Behinderte seien darunter, sogar Impotente, erzählt sie. Ich staune. Ihre Offenheit gibt mir den Mut, ihr die Frage der Fragen zu stellen, nämlich ob ihr Freund ... Die Antwort kommt prompt. Nein, weder ihrem alten Freund noch Hannes, ihrem neuen, habe sie gesagt, dass sie neben ihrem Job gelegentlich ...

„Hannes?" Ich lache. „Hannes?"

Was an diesem Namen so komisch sei, fragt sie irritiert.

„Eigentlich nichts", sage ich.

Wenig später stehe ich unter der Dusche und schäume mich mit einem Duschgel für Herren ein, für Damen fand sich nichts in dem bereitgestellten Sortiment. Ich drehe das Wasser von heiß auf heißer und dann von sehr heiß auf brühendheiß. Hannes! Ich lache den Namen in das dampfende Wasser, das ich auf meine vom Massageöl glänzende Haut prasseln lasse. Ich tue es voller Wut auf einen unfähigen, teuer bezahlten Detektiv. Ich lache und lache, bis mit der Name Hannes plötzlich wie auf ein gefrorener Brocken aus dem Mund fällt. Ich stelle die Dusche ab. Johann, denke ich, aus Johann, dem Namen meines Mannes, der mich wegen einer anderen verlassen hat, war schnell die Kurzform Jan geworden. Johann ... Hannes?

Auf Reisen

Zum letzten Tango in Paris will ich einen Garçonschnitt. Wie eine Kappe aus schwarzem Lack soll mein Haar glänzen. „Einen scharfen Schnitt bitte", sage ich zum Frisör. Er benutzt ein Skalpell, kämmt Gel in mein Haar und zieht mir zum Schluss einen blitzenden Scheitel. Am Abend bringt mich ein Taxi zum Ballhaus, ich habe Lust auf französische Küsse. Die Kapelle spielt laut und seelenvoll. Eine Schöne fragt mich nach meinem Namen. „Jean", sage ich und rücke die Fliege am Frackhemd zurecht. „Dann bin ich Jeanne", sagt sie und lacht. Wir tanzen, sie führt, ich folge ergeben. Jeanne ist einen Kopf größer als ich. Sie küsst mich, ich küsse sie, wir haben Schlangen und Schnecken im Mund und auf der Toilette nur fünf Minuten Zeit bis zum nächsten Tango. Wir machen schnell. Jeanne muss, und ich muss mir wieder die Lippen rot machen. Im Spiegel sehe ich, wie sie im Nebenraum ans Porzellanbecken tritt, das Kleid vorne anhebt und dann dasteht vor der weiß gefliesten Wand, sehr groß und sehr schlank und auf sehr silbernen Absätzen.

*

Im Hammam von Sidi bel Abès schmecke ich Süßes zwischen Zulimas Zehen. Es ist ein Rest jener Zuckerpaste, mit der arabische Frauen ihren Körper enthaaren. Poliert wie ein Handschmeichler schimmert ihr Schoß. Und duftet. Nach Weihrauch. Ich fühle. Sie lässt es geschehen, ein Glitzern zwischen den Wimpern. In luftige Tücher gehüllt, wandern wir nach dem Bade umher. Brunnen und spiegelndes Licht, Säulen, Nischen und Durchgänge, Mosaike in Blau und Türkis. Im Innenhof tätscheln wir den Löwen ihre steinerne Mähne. Zulima entführt mich zu einer Massage für zwei. Kunstvoll geschnitzte Türen öffnen sich, Räume wie Haremsgemächer tun sich auf. Wir trinken Tee, dem frische Minzeblätter Aroma geben, wir essen Sirup triefende Waffeln, wir plaudern und lachen, gebettet auf Kissen und Rosen, und hinter Gitterwänden aus dunklem Holz schwingen Messinglaternen durch eine neue Geschichte aus tausendundeiner Nacht.

*

In den Pyrenäen hüte ich Schafe und Ziegen mit der rotblonden Pilar. Wir tragen ein Kopftuch beim Melken, es hält die Zöpfe zurück, wenn wir uns über den Eimer beugen, in den strengen Geruch der Milch. Wir melken die Tiere am Abend, im Schein eines Holzfeuers. Die Sterne zittern hinter der Hitze, die aus der Glut und den Scheiten kommt. Vor Sonnenaufgang bringen wir die Milch hinunter ins Dorf. Der Abstieg ist beschwerlich mit den vollen Kannen an den Tragehölzern. Pilar geht voran. Wie zwei aus Kupfer geflochtene Seile pendeln ihre Zöpfe im Rhythmus der Schritte. Ich aber sehe sie mit aufgelöstem Haar vor mir. Einem rotgoldenen Heiligenschein gleicht es, wenn sie am Morgen von unserem Lager aufsteht, sich an das Kreuz an ihrem Halskettchen klammert und in einem Dialekt, den ich nicht verstehe, flucht oder betet.

*

In Kyoto will ich sehen, was alle Touristen sehen: den Kaiserpalast, den Goldenen Tempel, Schreine und Teehäuser, den roten Ahorn im Park und sein Spiegelbild im See. Noriko-san lehrt mich Sehen. Und auch dies lehrt sie mich: Nudelsuppe mit Stäbchen zu essen und Eis zu mögen, das nach Tintenfisch schmeckt. Sie zeigt mir, wie man Kraniche faltet und den Tuschestein reibt. „Mond", „Wasser", „Brunnen" schreibe ich. Wir atmen und schweigen im selben Rhythmus, denn im Steingarten ist der Gedanke das Wasser, ist Fluss, Stromschnelle, Delta und das Meer ein Meer aus silbernem Kies, in den ein Mönch Kreise und Linien geharkt hat. Was ich nicht lerne: ein asiatisches Lächeln zu deuten. Noriko-san schenkt mir ein Rollbild zum Abschied. Eine Schönheit im Kimono wendet sich um. Fliegende Pinselstriche beschreiben die Anmut einer Geste, beschreiben ein Gewand und eine mit Jade besetzte Schmucknadel im Haar. Das Gesicht bleibt eine Leerstelle auf dem handgeschöpften Papier. Noriko-san fragt mich nach meinem nächsten Ziel. Ich sage: „Barfuß durch Hiroshima, mon amour."

*

Der Tod am Nachmittag ist blond und heißt wie mein kleiner Tod am Vormittag: Cristína. Ganz Sevilla ist voll von Plakaten mit ihr. Ich kaufe mir eine Eintrittskarte in der Preisklasse *sombra*; im Schatten will ich den Stierkampf aushalten. Die Arena ist ausverkauft, das Publikum glanzvoll. Hinreißend die Männer, aufregend die Frauen. Fächer, schwarze Schleier, hohe Kämme und üppig gerüschte Röcke auf allen Rängen. So viel Rot nimmt das Schauspiel vorweg, ein Drama um Tapferkeit und Mut. Cristína tötet mit Kraft, Scharfsinn und

Arroganz, der Rest ist Triumph. Man trägt sie auf Schultern durch die Arena. Ich dränge nach vorn durch Beifall und Schreie, die Kamera schussbereit. An der Barriere gelingt mir ein Foto. Gut zu erkennen das mit Blut bespritzte Haar, auch die Lichtreflexe in ihren Pupillen. Sie haben die Form blanker Klingen.

*

In Braunschweig setze ich Rosa Hörner auf. Rosa liebt mich, doch ich liebe Lila. „Du bist kein Typ für Lila", sagt Rosa. Ich lege die lila Perücke wieder ab, Rosa das Lack-Korsett, die Stiefel, die Hörner. Seit Stunden stöbern wir nun schon im Fundus des Staatstheaters und haben noch immer kein Faschingskostüm für uns. Am Ende leiht sich Rosa doch noch die Hörner. Als Mephisto erscheint sie am Abend zur Party. Ein Teufel mit Busen und Schwanz, lästern alle. Erst macht sich die Froschkönigin an sie ran, dann Dornröschen im Seidenhöschen. Ich selbst geh in Sack und Asche fremd, bin Mutter Courage und bitte eine Leopardin zum Tanz.

Cora.doc

Mein verwilderter Garten ist ein inspirierender Ort. Hier hocke ich im sonnengefleckten Schatten alter Bäume und schreibe. Auf den Knien habe ich mein Notebook und neben mir Cora. Sie hat die Beine ins Gras gestreckt, ins Unkraut, in den Löwenzahn. Neben ihren Beinen steht ihr Seesack.

Cora ist fünfzehn und von zu Hause ausgerissen. Jetzt hat sie ein Übernachtungsproblem. Und weil *sie* eins hat, habe auch ich eins. Bei mir kann sie nicht schlafen, denn ich besitze keine Badewanne. Die aber braucht sie, weil ihre Lungen empfindlich sind. Um sie zu schonen, muss sie nachts unter Wasser bleiben. Aber wo? Sie fragt mich das mit ihren schilfgrünen Augen. Cora ist stumm.

Gestern hatte ich sie im Waldteich untergebracht. Der kommt für sie nicht mehr in Frage. Kein zweites Mal möchte sie für eine Wasserleiche gehalten und aus den Seerosen gefischt werden. Sie tippt mir an die Stirn: Lass dir was einfallen, Alter!

Ich denke nach ...

Wie grün ihre Augen sind. Als sie bemerkt, dass ich mich darin verliere, wendet sie verlegen den Kopf zur Seite. Die Kiemen am Hals bedeckt sie mit ihrem Zopf, als wären sie ein Makel, ihr Gesicht ist plötzlich traurig, der Blick ist an einen fernen Punkt geheftet. Ich sehe ihr an, dass sie wieder an ihren Delfin denkt. Er ist tot, er war in die Netze eines Fangschiffs geraten. Cora möchte weinen, doch sie hat keine Tränen.

Ich denke also nach und halte die Leertaste meines Notebooks gedrückt. Als ich den Finger von der Taste nehme, steht da *Nymphenbad im Barockgarten*. Die Idee gefällt ihr. Oh ja, Nixen und ein Meergott, der das Muschelhorn bläst, sollen, auch wenn sie nur aus Sandstein sind, ihre Träume bewachen.

Bis zum Nachmittag bleibt Cora bei mir, liest, was ich schreibe, und langweilt sich. Einmal geht sie Pipi machen, ein anderes Mal prüft sie, ob ihr Fischschwanz getrocknet ist, den sie vorhin im Marktbrunnen ausgespült hat. Wie ein schlappes Fähnchen schlingert er um einen Ast. Heute Nacht wird sie im Nymphenbad wieder hineinschlüpfen, wie immer, wenn sie ins Wasser steigt.

Um Vier wird Cora unruhig. Es ist die Stunde des Gezeitenwechsels. Der Ozean hat sich in sie eingeschrieben. Sehnsucht befällt sie, sie will fort, will in die Stadt, will Champagner trinken, wegen der Perlen, Perlen erinnern sie an ihre Heimat. Und Austern will sie essen, denn Austern sind ihr Schmerzmittel gegen das Heimweh. Aus ihrem Seesack kramt sie ein mit Pailletten besetztes Top, weiße Shorts und hohe, glitzernde Stiefel. Vor meinen Augen zieht sie sich um. Wie das Trugbild einer neckischen Nymphe bewegt sie sich nackt im flirrenden Nachmittagslicht. Ich muss mich beherrschen, um nicht zum Faun zu werden.

Bevor Cora aufbricht, ermahnt sie mich, gut auf ihren Fischschwanz aufzupassen. Ich verspreche es und schaue ihr nach, wie sie – pendelnder Zopf, schillernder Rücken, pflaumenglatter Po in weißen Shorts – mit ihren langen Beinen in kniehohen Glitzerstiefeln durch Gras und Unkraut davonstakst.

Punkt sieben ist sie zurück. Schwankend vor Glück und perlend vor Champagner umarmt sie mich. Ihre zarte Muschelhaut duftet nach meerfrischen Algen. Es wird Zeit, sie in den Barockgarten zu fahren. Ich klappe mein Notebook zu.

Am nächsten Tag möchte Cora nicht länger stumm sein, sie will sich unterhalten mit mir. Ich solle ihr doch, bitteschön, eine Stimme machen.

„Ich verstehe dich auch so", sage ich.

Sie nimmt den Zopf in den Mund und kaut mit großen, beleidigten Augen auf den Spitzen herum.

„Gut", sage ich, speichere meinen Text und gehe die Möglichkeiten auf der Parlando-Datei durch: A, V, Z. Groß ist die Auswahl nicht. Ich versuche es mit Z.

„Vielen herzlichen Dank", sagt sie, stutzt und baut sich im nächsten Moment wütend vor mir auf.

„Du hast dich im Ton vergriffen, du hast dich im Ton, du hast dich ... Du, ich will keine Stimme, die sich anhört wie ein Zwitschern", zwitschert sie auf mich ein.

Klar, mir gefällt das auch nicht.

„Mach mir was Tiefes."

„Eine tiefe Stimme passt nicht zu deinen jungfräulichen Brüsten."

„Dann mach mir doch Brüste, die zu einer tiefen Stimme passen!"

„Okay", sage ich und lasse ihr zwei Dinger wachsen, die – Mann-o-Mann – also vollbusiger ist keine Galionsfigur an einer hanseatischen Kogge.

„Mach die wieder weg, mein Shirt platzt."

Auf keinen Fall, denke ich, öffne noch einmal die Parlando-Datei und klicke die V-Stimme an.

„Oooh", haucht sie und zieht ihr Shirt straff, „oh, sieht das geil aus!"

Ich höre Sahneeis mit Karamellgeschmack schmelzen.

„Die Vamp-Stimme steht dir nicht schlecht", sage ich.

„Komm, Alter, damit gehen wir jetzt eine Badewanne kaufen."

Plötzlich hat sie Grübchen in den Wangen. War ich das? Ich klappe mein Notebook zu.

Abends liegen wir in meinem Schlafzimmer, ich auf dem Bett mit meinem Notebook, Cora in der Badewanne. Ihr Zopf hängt über den vorderen, das Ende ihres Fischschwanzes über den hinteren Wannenrand. Bis zu den Schultern ist sie im Wasser verschwunden, ihre Brüste ragen wie Inselberge hervor. Sie spielt an den Nippeln und freut sich. Ich schreibe ... Bis Cora mich unterbricht. Sie will wissen, wie ein Beischlaf funktioniert und was er mit der Vermehrung der Menschen zu tun hat. In ihrer Heimat, erzählt sie, sei man einfach da. Sie sei zum Beispiel auf dem Meeresgrund erwacht, in einem Wrack, habe sich durch einen verrotteten, mit Algen und Muscheln bewachsenen Schiffskörper arbeiten müssen und sei dann, eingehüllt in Luftblasen, aus der Tiefe an die Oberfläche gestiegen, von nun an Seejungfrau. Ihr Name komme übrigens von Koralle.

Ich erkläre Cora in aller Ausführlichkeit, was sie wissen möchte, beschreibe ihr Varianten und Spielarten, und auch, warum aus einem Beischlaf manchmal nichts wird. Staunend hört Cora zu und streichelt versonnen ihren Fischschwanz.

Plötzlich sagt sie: „Du hast mir *deinen* Schwanz noch nicht gezeigt. Wie sieht er aus? Wachsen die Schuppen eigentlich mit, wenn er groß wird?"

Sie betrachtet die zeltartige Auffaltung meiner Unterhose, und ich denke, dass es klüger gewesen wäre, ihr nicht die V-Stimme zu geben.

„Mein Schwanz hat keine Schuppen."

Sie zieht die Brauen hoch: „In deinem Alter, Alter, dürften sie eigentlich noch nicht ausgefallen sein, du solltest zum Arzt gehen."

„Mein Schwanz ist nackt. Das war er von Anfang an und wird es bleiben."

„Das sieht nicht gut aus."

„Fühlt sich aber gut an."

Sie streckt die Hand aus: „Darf ich?"

Unschlüssig klimpere ich auf meinem Notebook herum.

„Lieber nicht. Du würdest erschrecken."

„Schwänze erschrecken mich nicht. Ein Oktopus hat davon acht. Und der vom Hai ist hammerhart. Los, stell dich nicht so an!"

„Wie du willst, aber auf eigene Gefahr", seufze ich und schalte mein Notebook aus.

Am Morgen danach war Cora verschwunden. Seit Tagen schlafe ich nun schon neben einer leeren Badewanne. Wozu habe ich sie angeschafft, wenn nicht für sie? Wozu haben wir die Flohmärkte abgeklappert, nur weil sie auf einer mit Löwenfüßen bestand? Wozu habe ich in der Küche eine Armatur anbringen lassen, um die Löwenfüßige bequem mit dem Gartenschlauch füllen zu können? Für nichts und wieder nichts! Mich verfolgt die Vorstellung, dass Cora wie ein rolliger Katzenhai durch die Stadt streunt, Schwänze anfasst, Champagner trinkt und Austern im Dutzend bestellt. Ohne zu bezahlen.

Hat es geklingelt?

Ja, das hat es. Ich springe auf.

Als ich die Tür öffne, steht Cora vor mir und strahlt mich an.

„Ich bin stinksauer", sage ich. „Du bist abgehauen, ohne ein Wort zu sagen. Kein Tschüss, kein Danke. Was hab ich dir denn getan?"

„Eben nichts", antwortet sie und reicht mir einen Plastikbehälter mit Schleife.

„Ein Abschiedsgeschenk", sagt sie und schaut mir meergrün in die Augen, „es war nicht einfach, einen Delfin aufzutreiben, einen, der aus dem Wasser springen und Pirouetten drehen kann, einen schönen Schwanz hat und nicht größer als ein Goldhamster ist."

„Ein Delfin?"

„Freu dich doch!"

„Geht nicht."

„Und das hier gehört dazu."

„Komm erstmal rein", sage ich.

Was dazu gehört und wie ein blauschwarzes Waschmittel aus der Packung rieselt, färbt das Wasser in der Löwenfüßigen pazifikblau. Cora steckt die Hände hinein, macht Wellen, und als sie mir einen Tropfen auf die Lippen tupft und mich küsst, schmecke ich den Ozean.

Bevor wir den Winzling von Delfin hineinsetzen, zeigt sie mir, wo die Batterie sitzt und wie man sie wechselt.

„Und für den Fall, dass die Flossen schlappmachen, das Atemloch verstopft ist oder der Schwanz umknickt, kannst du hier anrufen."

Sie weist mich auf die in den Bauch des Delfins eingeprägte Nummer hin.

„Warum willst du raus unserer Geschichte? Warum Cora? Ich verstehe das nicht."

„Nimm es mir nicht übel, Alter, aber ich träume von einer Wiedergeburt auf einer anderen Datei deines Notebooks. In meinem neuen Leben lass mich dreizehn sein und ein menschliches Nymphchen, gib mir eine Muschi zum Spielen und nenn mich Lolita, Licht deines Lebens, Feuer deiner Lenden, deine Sünde, deine Seele. Die Zungenspitze macht ..."

„Stopp, stopp", sage ich, „diesen Text gibt es schon, leider ist er nicht von mir."

Sie tippt mir mit dem Zeigefinger zwischen die Augenbrauen: „Dann lass dir einen geileren einfallen, Alter!"

Cora verabschiedet sich. Sie sieht mich an, als möchte sie weinen. Ich schenke ihr Tränen. Das ist *mein* Abschiedsgeschenk.

Dark Orchid 5

Nora schüttelt ihren Pagenkopf in Form. Spieglein, Spieglein ... Die Wimpern hat sie tiefschwarz getuscht und ihre Wangen zart gepudert. Noras Haut ist sehr hell und ihr Haar sehr glatt und sehr dunkel. Schneewittchen ... Sie zieht die Kappe vom Lippenstift und dreht ihn heraus. Die Farbe ist Zufall. *Dark Orchid 5*. Schnell musste es gehen. Es war der Name, der den Lippenstift zum Objekt plötzlicher Begierde machte. Wie von selbst, unauffällig und unbemerkt, verschwand er auf dem Weg zur Kasse in ihrer Tasche. Bezahlt hat sie nur den Wimpernformer und den Augenbrauenstift. Selbst damit war sie sofort die Hälfte des Geldes wieder los, das sie soeben für zwei Nachhilfestunden bekommen hatte, von *verdienen* kann keine Rede sein. Bräuers geben es ihr, damit sie mit Holger, dem stinkfaulen Sohn, Hausaufgaben macht und für Klassenarbeiten übt. Nachhilfestunden sind das nicht, die braucht er auch nicht, die meiste Zeit werfen sie Pfeile auf die Darts-Scheibe an seiner Zimmertür. Weltmeister will er mal werden.

Nora malt ihre Lippen voll aus. *Dark Orchid 5* ist keine Farbe, sondern eine Ungezogenheit, ein Violett, das zwischen Zyklam, blumig, und Zyankali, toxisch, schillert. Schneeflittchen ... Wenn die Mutter sie so sehen würde, gäbe es Theater. „So gehst du mir nicht aus dem Haus, mein liebes Kind!" Doch die Mutter wird sie nicht sehen, sie wird einen Zettel auf dem Küchentisch finden, wenn sie von der Arbeit kommt, und lesen:

Bin bei Brigitte. Wir lernen für Mathe. Werde pünktlich zum Abendbrot da sein. Gruß Nora

Die Wahrheit konnte sie natürlich nicht schreiben. Die Wahrheit wäre gewesen:

Treffe mich um zwei mit Lothar (kennst du nicht), werde zum letzten Mal mit ihm schlafen und danach Schluss machen. Gruß Nora

Lothar ist ihr unheimlich. Was dieser Mann arbeitet, wovon er lebt und wo er wohnt, sagt er ihr nicht. Er besitzt den Schlüssel zu einer Wohnung ohne Namensschild. Außer einem Bett gibt es darin keine Möbel, nur ein abstraktes Gemälde im Museumsformat. Angeblich von ihm. Im Badezimmer liegt stets ein Stapel frischer Handtücher. Vermutlich sind sie nicht die einzigen, die dort duschen, oder sie ist nicht die einzige, mit der ... Das Stück Seife auf dem Bidet wird jedenfalls kleiner und kleiner, obwohl sie es nie benutzt.

Nora steckt den Lippenstift zusammen. Ihr Mund blüht wie eine dunkle Orchidee. Sie könnte sich küssen. Dass sie hübsch ist, weiß sie, seit Lothar sie in der Schlosspassage angesprochen hat. Jemand, der aussieht wie er, spricht keine Mädchen an, die nach nichts aussehen. Ob sie auf ihn warte, hatte er gefragt. Er gefiel ihr, sie ging mit ihm mit, obwohl sie mit Karin verabredet war. *Die Reifeprüfung* hatten sie sich ansehen wollen, sie schwärmen beide für Dustin Hoffman. Der Film lief im Jugendzentrum und war kostenlos für die Mitglieder des Schüler-Filmrings.

Lothar ist siebenundzwanzig, hat ein kantiges Gesicht und den sehnigen Körper eines Marathonläufers. Mit ihm zu schlafen ist auch ohne Dustin Hoffman großes Kino. Er nimmt sie, wie es sein soll: schnell und heftig, ohne Wenn und Aber und nie ohne Gummi. Das Gefühl ist unglaublich und mit nichts zu vergleichen, am ehesten vielleicht mit

Schokolade, einer ganzen Tafel, die sie sich voller Gier in den Mund stopft, die sie zerbeißt, kaut, lutscht und großartig schmelzen lässt. Ein letztes Mal will sie es noch.

Er wollte nicht glauben, dass er ihr erster Liebhaber war. „Du veräppelst mich." Es stimmte. Sie hatte es gesagt, um einen guten Eindruck zu machen. Schließlich ist sie erst sechzehn. Dass die *virgo intacta* nicht mehr intakt war, erklärte sie ihm mit ihren Ballettstunden und den extremen Dehnungen beim Spagat. Es sei doch bekannt, dass dabei das Siegel zerreißen kann. In ihrem Fall dürfte das sogar die Wahrheit sein, denn auch Bernd hatte Zweifel an der Virgo gehabt, und Bernd war nun wirklich der Erste. Thomas zählt nicht. Wenn es zum Schwur kommen sollte, flogen ihm die Spatzen weg. Und das war es dann. Und schließlich mit ihm auch gewesen.

Für das Treffen mit Lothar hat Nora sich von Anne den Parka geliehen, einen olivgrünen mit Fell an der Kapuze. Mit ihrem Mantel mag sie nicht losgehen, er ist ihr zu langweilig und zu dunkelblau. Einen Parka wollte die Mutter ihr nicht kaufen. Das sei mal wieder so ein Spleen, eine Geschmacksverirrung, der werde wie viele andere Sachen nur kurze Zeit getragen und dann in der Ecke landen. Einen Parka könne sie sich aus dem Kopf schlagen, nein, dafür arbeite sie nicht. Streit und Tränen gab es und einen zeitlosen Mantel, den sie nach den Vorstellungen der Mutter auch im nächsten und übernächsten Winter noch tragen wird.

Lothar ist selten pünktlich. Um zwei waren sie verabredet, jetzt ist es halb drei. Gehen oder ausharren? Nora wartet. Ab und zu wirft sie einen Blick in die Richtung, aus der er kommen müsste, dann wieder hoch zu den Fenstern jener Wohnung ohne Namensschild. In zehn Minuten wird sie gehen, und wenn sie gegangen ist, wäre ein Wiedersehen Zufall. So wie er aus seiner Adresse und Telefonnummer ein Geheimnis gemacht hat, hat auch sie es getan. Er wird seine Gründe haben, sie hat ihre.

Punkt drei zieht Nora sich die Kapuze über den Kopf. Traurigkeit? Ein bisschen. Sie geht. Der November ist ein ungemütlicher Monat, auch zu Hause. Da fährt sie jetzt lieber in die Stadtbücherei, um sich mit Material über fernöstliche Lyrik zu versorgen. Darüber muss sie ein Referat halten.

Wie meistens bleibt sie auch heute vor dem Tisch mit den Neuerwerbungen stehen. Auf weißem Buchumschlag die rote Sonnenscheibe Japans. Ein Gedichtband. Sie schlägt ihn auf, überfliegt das Vorwort, blättert, betrachtet die faserige Struktur des Papiers, streicht über die Oberfläche. Wie Seide fühlt sie sich an. Jedem Gedicht ist eine Seite gewidmet. Links das Wort, der Buchstabe, rechts die Spur des Pinsels, die Kalligrafie, das Ausbluten der Tusche, das Zeichen und die Leere. Sie zieht sich mit dem schönen Band auf die Galerie zurück. Ein tiefer Sessel nimmt sie auf. Sie liest. Um sie herum Stille, in der Stille ab und zu leise Geräusche, draußen der graue Nachmittag und in ihr eine blasse Traurigkeit. Der Rest ist das Verschwinden der Zeit. Das Verschwinden des Lichts. Verzauberung.

Zu Hause ist die Mutter bereits beim Abendbrot, als Nora in die Küche kommt. Sie wünscht guten Appetit und setzt sich zu ihr an den Tisch. Die Mutter starrt ihr fassungslos ins Gesicht.

„Wie siehst du denn aus!"

Mist, denkt Nora, Dark Orchid 5. Den Parka hat sie unter dem Bett verschwinden lassen, aber vergessen, sich den Lippenstift abzuwischen. Was jetzt kommt, ist klar. Am liebsten würde sie sich in ihr Zimmer verziehen. Doch klar ist auch, dass sie nicht bis zur Tür kommen würde. „Du bleibst schön hier und hörst, was ich dir zu sagen habe!" Dieser Satz würde unweigerlich kommen.

Also bleibt sie sitzen, tut gelangweilt, spielt mit dem Messer und hört, wie ordinär sie aussieht, wie *unglaublich* ordinär. Wer rumlaufe wie sie, fordere die Kerle geradezu heraus, sich an ihr zu vergreifen.

„Und weil wir schon mal bei diesem Thema sind", sagt die Mutter, „was war das eigentlich für ein Mann, mit dem du neulich unterwegs warst?"

„Wann neulich?"

„Na, als du dir mit Karin angeblich diesen Film angesehen hast."

„Welchen Film?"

„Na, diesen Film mit ... na, mit diesem Schauspieler ... diesem ... egal."

„Egal? Wer soll denn das sein?"

„Egal! Jedenfalls wurdest du in der Stadt gesehen, mit einem erwachsenen Mann, der den Arm um dich gelegt hatte."

„Muss 'ne Verwechselung sein."

„Frau Jäger wird dich schon nicht verwechselt haben."

„Bei ihrer Brillenstärke wäre das kein Wunder, die hat ja die reinsten Flaschenböden vor den Augen."

„Lass uns nicht über Frau Jägers Brille streiten."

„Worüber denn?"

„Werde nicht frech! Pass auf, dass du kein Kind kriegst. Dir ist hoffentlich klar, dass du dann die Schule abbrechen müsstest, du hättest keinen Abschluss und müsstest irgendeinen Billigjob annehmen. *Ich* kann dich nicht unterhalten.

Selbst wenn ich es könnte, käme es nicht in Frage. Irgendwann möchte auch ich mal was vom Leben haben. Warum ermögliche ich dir das Gymnasium? Doch nur deshalb, damit du es später besser hast als ich, damit du für dich selbst sorgen kannst und nicht von einem Mann abhängig bist. Eine Ehe ist kein Garantieschein, sie ist ein Lotteriespiel. Sieh mich an!"

Nora hat mit dem Messer einen Lichtreflex eingefangen und zur Wand gelenkt. Einfallswinkel gleich Ausfallswinkel, denkt sie.

„Ich rede mit dir! Hast du deine Ohren auf Durchgang gestellt?"

Bevor sie mit „ja" antworten kann, spricht die Mutter vom Ärger, den Kinder machen, von den Ansprüchen, die sie stellen, und – klar – von deren Undankbarkeit …

Nora denkt an Lothar. Und an die blauen Flecken, die sie von jedem Treffen davongetragen hatte. Blaue Flecken sehen ja so hässlich aus, wenn man sich auszieht.